올리앤더

올리앤더

서 수 진
장 편 소 설

한겨레출판

차례

구슬 꿰기

해솔

"호주?"

유리가 물었다. 해솔은 고개를 끄덕였다. 그래, 호주.

"지금?"

"겨울방학 시작하면."

"그러니까 지금 호주로 간다는 거잖아."

해솔은 뭘 말하고 싶은 거냐고 쏘아붙이려다 말고 창밖을 보았다. 눈이 내리고 있었다. 학교 담벼락에는 벌써 애들을 픽업할 차가 들어서기 시작했다. 눈이 오면 길이 막히고 학원에 늦기 십상이다.

지난주에 기말고사가 끝났는데도 학원은 쉬지 않았다. 이제 고등학교에 들어가니까. 진짜 입시가 시작되니까. 고등학교 진학을 앞둔 두 달 반이 가장 중요하다고 했다. 고등학교에 들어가면 그대로 쭉 가는 거라고. 성적을 올리려면 지금이 유일한 기회라고. 그러니까 입시에 가장 중요한 시기에 해솔은 호주 유학을 가는 거였다.

"근데 왜 호주야?"

미국도 영국도 아니고. 너는 그렇게 묻고 싶겠지. 해솔은 유리의 질문을 무시한 채 계속 창밖에 시선을 고정하고 있었다. 눈발이 거세졌고, 그새 임시 주차한 차의 행렬이 더 길어졌다.

"호주는 너무 애매하지 않나?"

유리는 혼잣말하듯이 작고 낮은 목소리로 말했다. 바로 그 애매함이 해솔이 호주에 가는 이유라는 것을 굳이 확인하겠다는 듯이.

"너 지금 호주는 여름인 거 알아?"

해솔은 고개를 휙 돌려서 밝게 말했다.

"어…… 그렇겠지?"

"호주에서는 크리스마스에 보통 바다 가서 수영한대. 넌 이번 크리스마스에 뭐 할 거야?"

"뭐, 가족들이랑 교회 가고……."

유리의 얼굴에 당황한 기색이 떠올랐다. 교회에 다녀와

서 공부를 할 테니까. 유리는 학원 숙제를 할 것이다. 해솔도 호주 유학이 결정되지 않았다면 그랬을 것이다. 유리와 영상 통화를 하면서 크리스마스에 이게 뭐냐고 투덜거리며 숙제를 했겠지. 그러다 유리 엄마가 문을 두드리고 간식을 들여오면서 전화가 급히 끊겼겠지.

"난 크리스마스에 바쁠 것 같아. 짐을 싸야 하거든. 수영복이랑 여름옷을 많이 사야 돼. 거기 가면 바로 학교에 들어가지는 못하고 먼저 어학 코스를 해야 된대. 그래서 어학 코스 밟으면서 수영 배우려고."

해솔의 밝은 목소리에 속아 넘어가지 않겠다는 듯 유리는 미간을 찌푸렸다.

"너 정말 걱정 안 돼?"

"무슨 걱정?"

해솔은 유리가 무슨 말을 하는지 알면서도 되물었다.

"그럼 대학도 거기서 가는 거야? 대학은 한국에서 가는 거 아니지? 호주 유학은 학종에 별 도움이 안 될 텐데."

그래, 학종. 왜 그 얘길 안 하나 했다.

유리는 학종, 학생부 종합 전형에 집착했다. 성적표가 나올 때마다 교실에 찾아와서 자기보다 해솔의 성적이 훨씬 높다는 걸 확인하고는 삐딱하게 고개를 기울였다.

"학종에서 제일 중요한 게 뭔지 알아?"

유리는 해솔이 걱정된다는 듯이 말했다.

"스토리. 우리한테 필요한 건 성적이 아니라 스토리야. 대학에 가려면 학생부의 첫 장부터 마지막 장까지를 관통하는 스토리가 있어야 돼. 그러니까 요즘은 공부만 잘해서는 안 된다는 말들을 하는 거야."

해솔은 유리가 학생부에 실릴 스토리를 위해 살아왔다는 걸 알았다. 그 스토리는 '환경 전문 변호사'를 향하고 있었다. 유리는 초등학교 저학년 때 환경정화 봉사활동단 명찰을 달고 동네를 돌아다녔고, 고학년 때는 유력 일간지에 어린이 기자로 환경 특집 기사를 실었으며, 중학교 때 청소년 대표단으로 UN 청소년 환경 총회에 참가했다. 또 매달 한 권씩 환경에 관한 책을 읽고 독서 일기를 쓴다고 했다.

"그게 다 구슬을 모으는 거랬어, 엄마가."

중간고사 성적을 받아 들고 모두 절망에 휩싸인 교실, 해솔의 책상 앞 의자에 거꾸로 앉아 지치지도 않고 떠들어대는 유리를 멍하니 바라보던 그날 해솔에게 또렷이 각인된 것은 '엄마'를 발음할 때 유리의 표정이었다. 그리고 새하얗고 주름 없이 빳빳하던 교복 셔츠.

유리의 반듯하게 다려진 교복 셔츠를 보면서 누렇게 물든 자신의 셔츠 깃 안쪽이 유리에게 보일까 봐 조마조마했다. 전날 가사 도우미가 오지 않아 해솔은 직접 교복 셔츠를 빨아야 했는데, 깃 안쪽을 수차례 비볐지만 얼룩이 지워지지 않았다. 유리는 그런 수고를 하지 않을 것이다.

"그리고 중요한 건 그 구슬을 어느 실에 꿰느냐지. 핵심은 구슬이 아니라 실이야."

봉사 활동, 기자 활동, UN 활동, 독서 활동 등의 수많은 활동은 유리가 오랜 기간 착실히 모아온 구슬이었고, 유리 엄마는 그 구슬들을 차곡차곡 '환경 전문 변호사'라는 실에 꿰어 나가고 있었다. 다시 말해 유리의 학생부 스토리는 엄마가 만들었고, 그건 당연한 거였다.

해솔이 가진 구슬은 성적뿐이었다. 해솔에게는 실을 가지고 구슬을 꿰어줄 엄마가 없었다. 교복 셔츠를 빨고 다려주지도 않는데 스토리는 무슨. 해솔은 그런 건 바라지도 않았다. 단지 한국에 남아서 해솔이 잘하는 공부를 계속하게 내버려 두기만을 바랐을 뿐이었다.

"지금까지 한 게 아까워서라도 나는 유학 못 갈 것 같은데. 근데 호주는 학생부 같은 거 없대? 미국도 자기소개

서 이런 거 쓰는 것 같던데. 전공 관련 경험 보고. 너네 엄마
는 뭐래?"

해솔은 순간 울컥했다. 적당히 좀 넘어가지. 그놈의 학
생부. 그놈의 경험. 그놈의 엄마. 해솔은 어린애처럼 엄마한
테 들은 말만 되풀이하는 유리에게 버럭 화를 낼 뻔했다. 진
짜 현실이 어떤 건지 아느냐고 소리치며 털어놓을 뻔했다.

엄마가 재혼을 하는데 그 아저씨 아들도 미국에서 유학
을 한대. 그럼 나도 미국으로 보내주든가. 조기 유학도 미국
에서 했는데 갑자기 웬 호주냐고. 나라고 호주가 애매한 거
모르겠냐? 호주에 무슨 대학이 있는데? 차라리 대치동 원룸
에서 살겠다고 원룸 하나만 구해달랬더니 그건 절대 안 된
다고 하더라. 서울에 있으면 거추장스러운 거겠지. 엄마 사
촌 언니가 시드니에 산대. 내가 본 적도 없는 사람이야. 근
데 이미 사촌 언니랑 얘기 다 끝났다는 거야. 시드니 어학
원 통해서 학교도 다 알아놨다고. 비용도 다 냈대. 무를 수
가 없대. 재혼하면서 딸을 외국에 갖다 버리는 주제에 비싼
명문 사립고등학교 보내줄 거라고 얼마나 으스대던지. 유
학 가서 엄마 얼굴 안 보고 사는 게 다행이다 싶을 정도였
다니까.

그런 말을 할 수는 없었다. 그 대신 해솔은 유리의 방식

대로 대답했다.

"호주는 좋은 대학, 좋은 과는 오히려 성적만으로 뽑는 거 모르지? 어차피 자소서는 대필이고 경험은 다 쓸데없는 거라서 성적만 보는 게 더 공평하다는 거야. 나도 그렇게 생각해. 대학에서도 똑똑하고 공부 잘하는 애 뽑고 싶을 거 아냐. 멍청하고 경험만 많은 애보다는. 안 그래?"

해솔은 성적을 건드리면 언제든 유리를 닥치게 할 수 있다는 걸 알았다. 그리고 유리가 닥치고 있을 때 말을 이었다.

"게다가 호주에서 유학생은 의대, 법대 커트라인이 낮대. 뭐 한국에서도 내 성적이면 의대나 법대 가겠지만 나는 치의대 가고 싶어서. 호주 치과는 이 하나 씌우는 데 몇백만 원인 거 알아? 치과 의사들이 돈을 얼마나 많이 벌지 상상이 가?"

해솔의 말이 점점 더 빨라졌다.

"보니까, 이게 엄마가 준비한 스토리더라고. 나 어릴 때 영어 유치원 다니다 미국 3년 갔다 왔잖아. 그리고 우리 엄마 아빠 지방에서 사업해서 집에 가사 도우미 오는 거 알지. 유학생이 홈스테이 생활 하듯이 독립된 생활을 이미 해왔던 거지. 그러니까 그게 모두 호주 치의대 진학을 위해 엄마가 써온 스토리인 거야."

유리는 해솔의 말을 믿지 않을 것이다. 그러나 해솔은
자기 입에서 나오는 말을 믿기로 했다. 해솔에게도 유리처
럼 아주 어릴 때부터 준비된 실이 있고, 엄마는 그 실에다
가 해솔이 차곡차곡 모아 오는 구슬을 꿰고 있던 거라고.
엄마가 말한 적은 없지만. 어쩌면 엄마 자신도 모르게.

수업 종이 울렸다. 해솔의 앞자리 애가 와서 유리를 쳤
다. 유리는 알았다며 짜증을 내면서 일어났다. 교실을 나가
는 유리의 뒷모습이 시무룩해 보였다. 해솔은 기분이 나쁘
지 않았다.

창밖에는 여전히 함박눈이 내리고 있었다. 여름 나라인
호주에서는 보지 못할 눈이었다.

호주의 역사는 침략으로부터 시작되었다

클로이

　새로운 홈스테이 애가 도착한 시간, 클로이는 2층 자기 방에서 수학 과외를 받는 중이었다. 노아의 설명을 한 귀로 들으면서 클로이는 엄마의 SUV가 진입로에 들어서는 소리에 귀를 기울였다. 연이어 차 문이 열리고, 캐리어 바퀴가 보도 위를 구르고, 1층 현관문이 열리는 소리가 들렸다.

　"짐은 거기 두고 이리로 와봐."

　엄마의 목소리는 쾌활했지만 어딘가 긴장되어 있었다. 대답은 들리지 않았다. 클로이는 수줍은 얼굴로 끄덕이며 감사하다고 작게 속삭이는 아이를 상상했다.

　"원래 홈스테이는 냉장고에 있는 거나 팬트리에 있는 음식을 마음대로 꺼내 먹으면 안 돼. 유학원을 통해서 온 건 아니지만 그건 기본적인 룰이니까 지켜줬으면 하는데, 괜찮지?"

클로이는 낡은 주방을 떠올렸다. 렌트하는 집이라 고칠 수도 없다고 엄마는 자주 불평했다. 새로 온 애도 찬장 모서리마다 비닐이 들뜬 걸 봤을까? 작은 주방에 괴물처럼 자리한 거대한 냉장고를 보고 흠칫 놀랐을까?

"여기 아침에 먹을 거랑 도시락 둘 거니까 알아서 먹고 도시락 가져가면 돼. 빵이랑 토스터 꺼내놓을 테니까 잼 발라서 먹고, 빵 없으면 시리얼 박스 내놓을 테니까 냉장고에서 우유 꺼내서 먹어. 다른 거 막 꺼내 먹으면 안 된다는 건 다시 말 안 해도 되겠지? 그릇이랑 숟가락, 젓가락은 여기 있고. 먹은 거 설거지는 직접 할 필요 없으니까 물에만 담가놓고."

엄마의 말이 끊임없이 이어졌다. 벌써 여덟 번째 들이는 홈스테이라서 클로이도 외워버린 순서 그대로였다.

"빨래는 직접 해야 돼. 세탁기는 여기 있는데 어떻게 돌리는지 설명해 줄까? 그래? 해봤구나? 그래, 요즘은 어릴 때부터 이런 건 다 직접 하는 게 맞지. 네 엄마가 잘 가르치신 거야. 그럼 이제 네 방 보여줄게."

캐리어가 계단에 툭툭 부딪히는 소리에 이어 바퀴가

2층 복도를 구르는 소리가 바짝 다가왔다. 클로이는 펜을 움켜쥐었다.

맞은편 방에 들어선 엄마는 목소리를 낮추었지만 말을 멈추지는 않았다.

"지금 우리 애가 과외를 받고 있거든. 의대를 준비하고 있어. 너도 공부를 아주 잘한다고 들었는데, 맞지? 썸머힐 하이스쿨에 편입했다니까 믿고 받은 거야. 클로이는 집에 있을 때 거의 공부만 해서 조용해. 너도 그래주면 좋겠는데, 말 안 해도 잘하겠지?"

대답은 들리지 않았지만 엄마는 계속해서 주의 사항을 이어나갔다.

"밤 10시 이후에는 소음을 내지 않도록 해줘. 귀가도 10시까지는 해야 돼. 근데 집에 들어와서 씻고 뭐 하고 소란스러울 테니까 9시 반까지는 들어오는 게 좋겠지? 여기는 어차피 밤에 문 여는 곳이 없으니까 갈 데도 없어. 친구를 데려올 때는 미리 이야기해 줘야 하고. 친구도 10시 전에 보내야 돼. 이제 할 말은 거의 다 한 것 같은데…… 궁금한 거 있니?"

클로이는 숨을 멈추고 대답을 기다렸다. 목소리만 들어도 어느 정도 파악을 할 수 있을 것이다. 그러나 그 애는 아무 말도 하지 않았다. 너무 수줍어서? 얼굴이 빨개진 채로 고개를 가로젓고만 있을까? 아니면 버릇이 없는 타입인가? 턱을 치켜들고 오래된 집의 이곳저곳을 노려보면서 엄마의 말을 들은 척 만 척 하고 있는 건 아닐까?

"그럼 짐 풀고 쉬어. 아줌마도 일하다가 잠깐 들어온 거라 나가봐야 돼. 그래…… 아, 그리고 이건 그럴 리 없겠지만 혹시나 해서 하는 말인데……."

클로이는 엄마가 망설이면서 하려는 말이 무언지 알아챘다. 그런 말은 할 필요 없는데. 클로이는 방에서 뛰어나가 엄마를 말리고 싶은 충동을 억눌렀다.

홈스테이할 애가 새로 들어오기 전날이면 클로이 엄마는 그 애가 쓰게 될 방을 청소했다. 어제도 예외는 아니어서 엄마는 청소용 옷을 꺼내 입고 커튼을 뗐다. 클로이는 얼른 따라 들어가 청소기의 전원을 꽂았다.

"걸리적거리니까 네 방으로 가."

엄마는 그렇게 말하면서도 클로이가 청소기를 돌리기 시작하자 바로 의자를 올리고 매트리스를 세웠다. 그리고 매트리스가 들린 자리, 침대 프레임 아래에서 그 병을 발견했다.

2리터는 되어 보이는 커다란 갈색 유리병이었는데 흰색 라벨에 '백화수복'이라고 쓰여 있었다. 엄마는 질겁하면서 집어 들고는 절반 정도 차 있는 병을 흔들었다.

"아주 됫병을 쟁여두고 먹었네. 알코올중독자가 집에 있는 줄도 모르고……."

"이게 술이야? 와인 같은 거야?"

클로이는 한국 술병이 그렇게 큰 걸 처음 보고 엄마에게 물었다. '백화수복'이라는 이름은 지나가는 말로도 들어본 적이 없었다.

"넌 알 필요 없어."

엄마는 곧장 1층으로 내려가 앞마당 잔디에 술을 버리고 쓰레기통에 병을 던졌다. 클로이는 창문에 기대어 엄마가 손을 털면서 "미친년, 미친년" 하고 중얼거리는 것을 보았다.

전에 머물던 애는 자정이 넘어서 들어올 때가 많았고 다음 날 아침까지 술 냄새가 날 때도 종종 있었다. 그래서 그 애 침대 아래에서 술병이 나왔다는 게 클로이에게는 크게 놀랍지 않았다.

"유학생들은 다 그래."

다시 방으로 돌아온 엄마를 위로하려고 클로이가 말을

꺼냈다.

"우리 학교 애들 보면 전부 술 마시고 다니더라고."

"정말 지긋지긋해."

엄마는 클로이한테서 신경질적으로 청소기를 빼앗아 들었다.

"나는 너에 대한 건 모두 부모님에게 보고할 의무가 있어. 그러니까 학생 신분에 어긋나는 일을 할 경우에는 바로 네 어머니한테 연락이 갈 거고, 홈스테이 계약도 만료되는 거야."

클로이의 예상대로 엄마는 전날 보았던 백화수복을 염두에 두고 말하는 듯했다.

"학생 신분에 어긋나는 일이 뭔데요?"

새로 홈스테이 온 애의 목소리가 처음으로 들렸다. 낮지만 날카롭고 분명한 음성이었다.

클로이는 그 짧은 말로 성격을 유추해 보았다. 자존심이 세어 지지 않으려고 할 것이다. 맞고 틀리고를 중요하게 생각할 것이다. 남의 비위를 맞추기 위해 마음에 없는 말을 하지 않을 것이다. 눈치 보지 않고 솔직하게 할 말 다해서 따르는 친구들이 있을 것이다. 그러나 친구들을 종종 깔

보기도 할 테고, 그래서 뒤에서 욕하는 애들이 있을 것이다. 클로이의 머릿속에서는 새로 온 애가 눈을 내리뜨고 친구들에게 독설을 퍼붓는 장면이 떠올랐다.

"상식적인 걸 말하는 거야. 무단결석을 한다든가, 술을 마신다든가, 담배를 피운다든가, 그런 것들. 물론 네가 그럴 거라는 말은 아니고."

엄마가 대답했지만 이어지는 말은 없었다.

할 말이 없으면 상대가 어른이든 애든 씹는 성격인 거야. 클로이가 한숨을 쉬면서 고개를 가로젓자 노아가 문제가 어렵냐고 물었다.

"다시 설명해 줄까?"

"아뇨, 제가 해볼게요. 죄송해요."

클로이는 무엇에 대해 사과하는 줄도 모르면서 사과를 하고는 다시 펜을 꽉 움켜쥐었다.

전날 청소를 마친 클로이 엄마는 핸드폰을 들고 뒷마당으로 나갔다. 엄마는 클로이가 듣지 않았으면 하는 통화를 할 때 그렇게 했다. 그러나 클로이는 자기 방에서 창문을 열지 않고도 엄마의 목소리를 들을 수 있었다.

"이번엔 제대로 된 애가 맞는 거지? 얘도 술 먹고 돌아다니면 나 진짜 바로 내쫓을 거야. 아, 됐어. 썸머힐도 요즘 믿을 수가 있어야지. 먼젓번 애도 썸머힐 들어갔다고 해서 받았는데 그 모양이었잖아. 유학생도 많이 받고 예전 썸머힐이 아니라니까? 클로이 거기 보내려고 내가 이 고생을 하는데 그런 애들 볼 때마다 힘이 죽죽 빠져. 클로이 픽업하러 학교 앞에 가잖아? 그럼 한국 유학생들이 눈에 딱 보여. 얼굴은 아주 새하얗게 칠하고 입술은 새빨갛게 발라서 얼마나 꼴 보기 싫은지 몰라. 한국 애들은 왜 그렇게 발랑 까졌어? 나 진짜 깜짝깜짝 놀란다니까. 거기다 대면 클로이는 아직 애기야. 그래서 그런 애들 들이는 게 더 걱정되는 거야. 물들일까 봐. 그래, 대치동. 그것 때문에 오케이 한 거야. 나 진짜 홈스테이 더는 안 하려고 한 거 알잖아. 클로이도 이제 10학년이라 중요한 시기란 말이야. 그래, 그래, 대치동 애면 공부 습관이 붙어 있겠지. 근데 공부 잘하던 애가 왜 10학년에 호주에 와? 이상하지 않아? 대치동에서 죽어라 공부했을 텐데 왜 10학년에 다 때려치우고 여기를 와. 애매하잖아. 지금 와서 적응하다가 시간 다 보낼 텐데. 아무래도 이상해. 우선 봐야 알겠지만 아무튼 찝찝해."

클로이는 점점 높아지는 엄마의 목소리를 들으면서 가슴이 조여드는 느낌이었다. 엄마가 통화를 마치고 집으로 들어간 후에도 클로이는 한참 동안 뒷마당을 내려다보았다.

뒷마당 구석 덩굴처럼 얽힌 올리앤더 나무에 진분홍색 꽃이 잔뜩 달려 있었다. 엄마는 올리앤더 꽃에 독소가 있다며 만져서는 안 된다고 했다. 그렇게 온 가족이 꺼리며 가까이 가지 않았는데도 여름이면 끈질기게 꽃을 피웠다. 그 나무가 다였다. 작은 뒷마당에는 독이 있는 꽃을 피워내는 올리앤더 나무를 제외하고는 아무것도 없었다. 아니, 단순히 아무것도 없다는 말은 적절하지 않았다. 누렇게 바랜 잔디가 듬성듬성 벗겨지면서 군데군데 흙이 드러나 있었으니까. 아주 보기 싫은 모양으로.

그때 옆집 아저씨가 뒷마당에 나와서 호스로 물을 주기 시작했다. 클로이의 방 창문에서는 옆집 뒷마당이 잘 보였다. 클로이가 관찰한 바로는 아저씨는 거의 매일 물을 주고, 잡초를 솎아내고, 나무 앞에 사다리를 세워놓고 올라가 가지치기를 했다. 옆집 뒷마당은 클로이네 뒷마당과 대조를 이루어 열대의 정글처럼 더욱 푸르러 보였다. 그런 뒷마당을 한참 보다가 자기 집 뒷마당으로 시선을 돌리면 누가 독이라도 뿌린 것처럼 황폐하게 메마른 땅이 나타났다. 그럴 때면 클로이는 혼자 민망해져 얼른 고개를 돌렸다.

클로이네 집 뒷마당이 처음부터 황폐했던 건 아니다.

3년 전에 이사 오던 날도 지금처럼 1월이었는데, 집주인 부부가 나이가 많고 기력이 없어서 정원을 정성껏 돌보지 않았다는 부동산 업자의 설명과 달리 앞마당과 뒷마당 모두 깔끔하게 관리되어 있었다. 초록색 잔디는 짧게 깎여 있었고, 하얀색 울타리 아래 길고 네모난 화단에는 색색의 꽃이 빼곡했다. 클로이의 엄마와 아빠가 물을 주지 않자 한 달을 넘기지 못하고 죽어버린 꽃들이 거기 있었다.

클로이의 부모는 정원 일이 귀찮아서 주택이 싫다는 데 의견을 같이했지만 클로이가 셀렉티브 스쿨에 떨어진 후에는 별다른 방법이 없었다. 공립학교에 갈 수는 없었으므로 사립학교에 가야 했고, 그것도 이름 있는 사립학교에 진학하기 위해 클로이의 가족은 이사를 했다.

썸머힐은 부촌인 데다 아파트가 거의 없는 지역이라 렌트비가 턱없이 비쌌고, 학비 역시 셀렉티브 스쿨이나 공립학교와는 비교할 수 없이 높았다. 거기다 학원비와 과외비까지 더하면 클로이 하나를 위해 어마어마한 돈이 들었다. 엄마와 아빠는 클로이가 혹시라도 그 사실을 잊을까 두려워하는 것처럼 자주 돈 이야기를 했다.

그러니까 나 때문이야.

클로이는 책상 위 문제지에서 고개를 들어 뒷마당에 점

점이 흩날리는 독을 품은 꽃을 바라보았다.

엄마와 아빠가 청소 일을 늘리고도 홈스테이를 계속 들여야 하는 건 내가 셀렉티브 스쿨에 떨어졌기 때문이야.

클로이는 엄마가 홈스테이 방 침대 아래에서 술병을 발견하고 지긋지긋하다고 내뱉는 모습을 다시 떠올렸다. 미친년, 미친년. 엄마는 그렇게 말했다.

그러니까 나는 진짜 의대에 가야 돼.

무조건 의대에 가야 돼.

"클로이."

클로이가 돌아보자 노아는 클로이를 물끄러미 쳐다봤다.

"세 번이나 불렀어."

"아, 죄송해요."

클로이는 고개를 꾸벅 숙였다.

"오늘은 계속 다른 생각을 하는 것 같은데? 이 문제가 너한테 어려울 리도 없고."

"아니에요, 그냥 잠깐 멍하니 있었어요. 죄송해요."

클로이는 다시 한번 노아를 향해 고개를 숙이고 펜을 고쳐 잡았다.

"다시 풀어볼게요. 죄송해요."

"나한테 죄송할 건 없지. 한번 다시 풀어봐."

"네, 죄송해요."

클로이는 노아가 죄송할 문제가 아니라는데도 자꾸 죄송하다는 말을 되풀이해서 죄송하다고 말하고 싶었다. 그리고 그게 얼마나 우습게 들릴까 혼자 생각했다.

그만.

이제 진짜 잡생각은 그만해야 돼.

이래서 의대에 갈 수 있겠어?

클로이는 노아가 휘갈겨 놓은 숫자들을 노려보면서 문제를 다시 풀었다. 쉬운 문제였다. 클로이가 틀려서는 안 되는 문제였고, 절대 틀릴 일이 없는 문제였다.

*

과외를 마치고 노아를 배웅하러 나가는데 건너편 방문이 열려 있었다. 침대에 걸터앉은 여자애의 옆모습이 보였다. 클로이는 여자애의 시선이 창밖을 향하고 있는 걸 확인하고 빠르게 그 애를 훑었다.

기다랗고 마른 느낌. 커트 머리에 가까운 짧은 단발머리 아래로 드러난 하얗고 가느다란 목덜미. 아무 무늬 없는 검은색 반팔 티셔츠에 회색 트레이닝 바지. 손에 쥔 별다른 장식이 붙어 있지 않은 하얀색 핸드폰.

클로이의 시선이 길고 뾰족한 발에 다다랐을 때 여자애가 고개를 돌렸다.

여드름 자국인지 붉은 기가 있는 얼굴. 뾰족한 코. 테가 가는 안경.

클로이는 자연스레 눈을 피할 타이밍을 놓치고 어색하게 손을 흔들었다.

"안녕?"

"어, 안녕."

그 애는 바로 고개를 돌렸다. 클로이는 잠시 서 있다가 이미 계단을 빠져나간 노아를 따라 1층으로 재빨리 내려갔다. 등 뒤에서 문이 닫히는 소리가 들렸다.

과일 박쥐와 황색 열병

해솔

해솔이 홈스테이를 하게 된 집은 썸머힐 하이스쿨에서 버스로 다섯 정거장 정도 떨어져 있었고, 단독주택이 모여 있는 골목의 끝이라 오가는 사람이나 차가 많지 않았다.

썸머힐역에서 만나 어색하게 같이 차를 타고 오다가 아줌마가 저기 길 끝에 파란 지붕이 우리 집이라고 했을 때 해솔은 내심 충격을 받았다. 커다란 지붕을 인 작은 단층집에서 아줌마 부부와 자신과 같은 학년이라는 딸까지 네 명이 끼어 산다고 생각하면 아득했다. 너무 좁으면 당장 새로운 홈스테이를 구하겠다 다짐하고 차에서 내렸을 때야 지붕에 난 창문을 보았고, 지붕 뒤편이 2층이라는 걸 알게 되었다.

지붕 중간에 창문을 낸 곳이 해솔의 방이었다. 지붕에 닿은 한쪽 벽이 경사져 있었다. 그 벽에 달린 창문은 나무틀 창이 위아래로 두 개 달려 있었고, 아래 창을 위로 드르륵 들어 올리는 구조였다.

창문을 열고 방충망에 얼굴을 가까이 대고서 내려다보면 바로 눈앞에 지붕이 보였다. 빛바랜 파란 기와에 낙엽과 흙, 새똥이 흩어져 있고, 그 아래로는 큰 나무들이 우거진 길이 펼쳐졌다.

*

해솔은 하루 중 대부분을 그 창문 아래에서 보냈다. 1월, 한여름이라 무척 더웠다. 햇빛이 강하고 건조한 데다 바람이 많이 불어서 헤어드라이어 속에 앉아 있는 기분이었다. 그렇게 온몸을 바짝 말리면서 학기가 시작하기만을 기다렸다. 호주의 하이스쿨은 1년에 네 학기 과정인데, 해솔은 그중 첫 학기인 2월에 입학하기로 되어 있었다. 아직은 어디에도 소속되지 않았고, 할 일도 전혀 없었다.

심심하다. 해솔은 창가에 앉아 혼잣말을 내뱉고는 흠칫 놀랐다. 심심하다니. 낯설고 어색했다. 한국에서는 해솔이 기억하는 가장 어린 시절부터, 그러니까 초등학교에 들어가기 전부터 준비해야 할 시험이 있었다. 유치원 방과후 학원을 시작으로 각종 학원에 들어가기 위한 시험과 반을 결정하고 주기적으로 이동하는 레벨 테스트가 있었다. 학교 시험을 대비하기 위해 모의 시험을 보았고, 시험이 없다고 긴장을 늦추지 않도록 시도 때도 없이 쪽지 시험을 보았다. 모든 것이 선행이었는데, 선행은 아무리 일찍 시작해도 끝이 없었다. 1년치를 마치고 나면 그다음 해가 기다렸다. 대치동에서는 모두가 그렇게 했다. 나만 안 하면 뒤처지게 되고, 지금 뒤처지면 그게 끝. 한번 벌어진 차이는 절대 따라잡을 수 없다. 그러니 해야 할 공부가 언제나 쌓여 있었다. 심심하다는 건 있을 수 없었다.

호주에서의 무료함이 해솔에게는 초조하기만 했다. 방학에 학원이 문을 닫는다는 게 말이 돼? 학원에 가지 않고 어떻게 혼자 공부해야 할지 해솔은 막막하기만 했다. 교과서라도 미리 들여다볼 수 있으면 좋을 텐데 호주 하이스쿨은 교사들이 만드는 유인물로 수업을 한다니 뭘 어떻게 공부해야 하는지 전혀 감이 오지 않았다.

해솔은 어느 때보다도 절실히 학원이 필요했다. 학교에서 작년에 사용한 유인물을 과목별로 복사해서 나눠 주고, 유형을 분석해 공식처럼 만들어주는 사람이 필요했다. 그러나 해솔에겐 그런 사람이 없었고, 해솔은 호주 영어 유튜브를 조금 들여다보다가 푸드덕거리는 소리가 나면 창문 쪽으로 의자를 끌어다 놓고 앉았다.

창문과 연결된 지붕에는 새들이 자주 왔다. 해솔로서는 처음 보는 새가 많았다. 이름을 아는 새는 까마귀나 까치 정도였는데, 둘 다 한국에서 보던 것과는 비교가 안 되게 커서 같은 종이 맞나 의문이 들기도 했다.

해솔의 창문 앞 지붕에 가장 오래 머무는 까마귀는 족히 50센티미터는 될 것 같은 큰 덩치에 노란 눈으로 해솔을 가만히 쏘아보았다. 새로 온 애를 확인하겠다는 듯이.

새만이 아니었다. 해가 지고 나면 빨간 과일을 손에 들고 서서 해솔을 바라보는 연한 갈색 털로 뒤덮인 동물도 있었다. 다람쥐라기에는 너무 크고 캥거루라기에는 너무 작았다. 해솔은 인터넷을 뒤져서 그게 '포섬'이라는 걸 알게 되었다.

여기는 정글임.

해솔은 포섬의 사진을 찍어 유리에게 보냈다. 어둑어둑

해지는 하늘을 날아가는 박쥐 사진도 보냈다. 짙은 남색 하늘을 배경으로 박쥐 날개의 뾰족한 곡선이 선명히 드러났다.

시드니에 간다고 하지 않았어?

유리의 말처럼 해솔도 자신이 사는 곳이 시드니가 맞는지 의아해질 때가 종종 있었다. 아무리 주택가 골목의 끝이라고 해도 오가는 사람이 너무 없었고, 아무리 나무가 많다고 해도 대도시에 이렇게나 많은 동물이 사는 게 이상했다. 구글맵으로 현재 위치를 확인해 보면 분명 시드니에 사는 게 맞는데도 말이다.

*

정글 속의 작은 방에서 지루한 하루가 어떤 방식으로든 지나가고 저녁 6시가 되면 노크 소리가 들렸다.
"저녁 먹으러 내려오래."
클로이라는 앞방 여자애였다. 까무잡잡하고 동그란 얼굴에 눈두덩이가 두툼했다. 머리가 길고 검었는데 가운데 가르마를 하고 아래로 묶어서 조선 시대 여자처럼 보였다.

해솔은 클로이를 볼 때마다 교과서에 실린 신윤복의 〈미인도〉를 떠올렸다. 너무 한국적이어서 도리어 한국인처럼 보이지 않는 얼굴이었다.

"안녕, 오늘은 뭐 했어?"

해솔이 방에서 나가면 클로이는 여지없이 그렇게 물었다. 매일, 하루도 빠짐없이.

까마귀를 봤지. 박쥐를 기다렸고. 포섬에 대해 찾아보기도 했어. 그런 말을 하지는 않았다. 클로이가 신나게 달려들어 십 분간 떠들어댈 먹잇감을 줄 생각은 없었다.

같이 사는 사이에 볼 때마다 인사하고 안부를 묻는 것 좀 그만할 수 없어? 그런 말도 하지 않았다. 클로이는 붙임성이 있고 밝아서 친구들을 몰고 다닐 스타일로 보였다. 게다가 친하지도 않은 해솔을 챙겨주려고 안달하는 거로 보아 같은 학교에 다니면 "걔 진짜 착해"라는 말을 들을 법한 타입이었다. 해솔은 강박적인 친절을 베푸는 애를 좋아하지 않았지만 딱히 싫어하지도 않았다. 그래서 질문을 퍼붓는 클로이가 불편하면서도 꼬박꼬박 답하는 편을 택했다.

"뭐, 그냥 별거 안 했어."

해솔의 대답은 정해져 있었다. 내일도 클로이와 해솔은 같은 질문과 대답을 되풀이할 게 뻔했다. 그런 식의 질문과 대답은 저녁 시간 내내 이어졌다.

"좋아하는 아이돌 있어? 전에 있던 애는 아미였는데."

"아니, 난 음악 자체를 안 들어."

"너 강남에 살았다면서. 나도 초등학교 때 강남에서 한 학기 다녔는데. 학교에 식당 있어서 엄청 놀랐잖아. 너네 학교에도 식당 있었어?"

"급식실은 강남만 있는 게 아니라 다 있어."

클로이의 질문 공세에 시달리던 해솔은 학기 시작을 이틀 앞둔 저녁 식사 시간에 먼저 이야기를 꺼냈다.

"학원 등록하고 싶은데 좋은 학원 알아?"

"내가 다니는 학원 괜찮은데. 그치 엄마?"

아줌마는 빈 그릇에 불고기를 더 부으면서 끄덕였다. 클로이는 새로 주어진 불고기를 공격하듯이 입으로 밀어 넣었다. 발그레한 볼에 음식이 가득 차서 안 그래도 통통한 얼굴이 터질 것만 같았다. 해솔은 달걀말이를 들고 있던 젓가락을 내려놓았다. 음식을 우걱우걱 먹는 사람을 보면 입맛이 떨어졌다.

"그 학원은 어디에 있어요?"

"근데 거기는 최상위권 애들이 다니는 데라서 해솔이한테는 좀 어려울 수도 있어."

"저도 한국에서 최상위권이었어요."

"아, 그래. 그랬다고 했지. 그 학원은 들어가기 전에 시험이 있어. 그거 한번 보면 그쪽에서 이렇다 저렇다 말을 해줄 거야."

"그럼 수학 학원은 거기 다니고…… 영어 학원도 다닐 거야?"

클로이가 다시 끼어들었다.

"영어 학원도 너 다니는 데가 잘 가르쳐?"

"그럴걸?"

"다른 과목은?"

"응? 무슨 과목?"

"사회나 과학이나. 학교에서 영수만 배우지는 않잖아?"

"영수?"

"영어 수학."

"아, 그렇게 줄여 말하는구나. 나 다른 줄임말도 얼마 전에 들은 거 있는데……."

해솔은 클로이가 다른 쪽으로 새는 걸 막기 위해 얼른 말을 끊었다.

"다른 과목은 어디 다녀?"

"안 다니는데……."

클로이의 얼굴을 보니 거짓말을 하는 것 같지 않았다.

"영수 학원 시간이 엄청 빡세? 몇 시간이나 하는데?"

"세 시간."

"아, 세 시간씩 두 개 다니면 여섯 시간씩이니까 빡세기는 하네. 학원끼리는 가깝지? 주 5일이야, 6일이야?"

클로이는 해솔을 물끄러미 보다가 "응?" 하고 되물었다.

"영어는 화요일이고 수학은 목요일인데……."

이번에는 해솔이 클로이를 한참 바라보았다. 지금 무슨 소리를 하는 거지?

"영어 학원이 화요일에 세 시간이고, 수학 학원이 목요일에 세 시간이라는 거야?"

"응, 4시 반부터 7시 반까지."

"그럼 그 이후에는 뭐 해?"

"집에 오지."

"월수금에는 뭘 하는데?"

"학교 갔다가 집에 오는데. 아, 수요일에는 클럽 모임이 있어서 좀 늦게 끝나고, 과외도 있고……."

"잠깐만. 학교가 3시에 끝나잖아."

"응."

"그럼 3시부터 뭘 해?"

클로이는 다시 말없이 해솔을 바라보았다. 몇 주간 해솔이 관찰해온 바로는 클로이는 침묵을 견디지 못하는 타입으로 듣는 사람이 옆에 있으면 쉴 새 없이 떠들곤 했다. 그런 클로이가 이렇게 오랫동안 말없이 상대를 바라보기만 하는 건 아무리 짜내려고 해도 할 말이 없다는 뜻일 것이다.

"호주에서 매일 가는 학원은 없어."

아줌마가 해솔과 클로이의 밥그릇을 치우면서 말했다.

"학원 두 개 등록해서 주 2회 가는 게 맥시멈이야. 여기는 다 그렇게 해. 사실 그렇게 하는 사람도 많이 없고."

"클로이는 과외도 하잖아요."

해솔은 옆에 클로이가 있는데도 아줌마를 바라보며 물었다. 멍청한 얼굴로 앉아 있는 클로이에게 물어봐야 답을 얻기 어려울 것 같았다.

"클로이는 의대를 준비하니까."

아줌마는 딸인 클로이와 해솔을 구분 지어 말하기 좋아했다. 그때마다 해솔은 그냥 넘어가지 않았다.

"저도 의대를 준비하려고요. 치의대요."

아줌마는 불쾌한 기색이 역력한 얼굴로 말을 이었다.

"여기서는 학원 두 개랑 과외 하나 하면 극성이라는 소리 들어. 12학년도 아니고 10학년부터 그러는 경우는 진짜 드물고……."

"그럼 수업을 더 듣고 싶으면 학원을 다섯 개 다녀야 하는 거예요?"

아줌마와 클로이는 동시에 해솔을 쳐다보고는 아무 말도 하지 않았다. 아줌마는 그대로 빈 그릇을 들고 일어나 후식으로 수박을 내 왔고, 둘은 해솔의 질문 따위는 완전히 잊었다는 듯이 수박에 대해 말하기 시작했다.

"수박이 되게 오래된 것 같아, 엄마."

"아냐, 어제 산 거야. 요즘 울리스에서 사는 과일은 많이 무르더라."

"여기 울리스에 새로 들어온 직원 봤어, 엄마? 엄마가 그때 나한테 시켜서 블루베리 없냐고 물어본 애 있잖아."

"비쩍 마른 백인 애?"

"응, 걔 엘리랑 사귄다? 학교에 소문 다 났어."

해솔로서는 전혀 알아들을 수 없고, 알고 싶지도 않은 대화가 한참 이어졌다. 해솔은 수박 두 조각을 양손에 들고 꾸벅 고개를 숙이면서 일어났다. 둘은 해솔의 인사를 받는 둥 마는 둥 하며 울리스 마트에서 일하는 남자애와 엘리의 연애에 대해 계속해서 떠들었다.

"그런 남자애들 조심해야 돼. 그게 다 옐로 피버인 거야. 백 퍼센트 불순한 의도로 접근하는 거라고. 정상이 아니라니까."

해솔은 빨갛게 무른 수박을 들고 계단을 오르면서 아줌마가 말하는 옐로 피버를 머릿속에서 번역해 보았다.

노란 열? 뎅기열 같은 병인가?

방에 들어와 검색해 보니 동양 여자를 성적 취향으로 가지는 백인 남성을 칭하는 말인 듯했다. 백인이 주류인 서양 국가에 사는 동양인이 10대 딸한테 옐로 피버에 대해 떠들어대다니. 아줌마는 호주의 백인이 자기 딸을 좋아하면 그 남자를 단단히 혐오할 준비가 된 것처럼 보였다. 나라의 절반을 변태성욕자쯤으로 생각하는 것 같아서 해솔은 의문이 들었다.

그럼 왜 호주에 사는 거지?

창밖에서 날개가 펄럭이는 소리가 들렸다. 이제는 날갯짓 소리만으로도 그게 새가 아니라 박쥐라는 걸 알 수 있었다. 이번에 해솔은 호주의 박쥐를 검색했다. 집 주위를 날아다니는 박쥐가 흡혈박쥐가 아니라 과일 박쥐라는 것을 알게 되었다.

과일을 먹는 박쥐.

작은 캥거루처럼 생긴 포섬도 파란 지붕을 뛰어다니며 과일을 먹고, 뾰족한 꼭짓점 날개를 펄럭이며 파란 지붕 위를 날아다니는 박쥐도 과일을 먹고, 변태 백인 남성들의 표적이 되는 얼굴이 노란 나도 파란 지붕 아래서 과일을 먹고 있구나.

해솔은 알지도 못했던 황색 열병을 주의해야 했고, 역시나 그 존재조차 몰랐던 과일 박쥐와 함께 살게 되었다. 동시에 묘하게도 이제 이틀 뒤면 시작될 호주 유학에 대해 기대하는 마음이 생겼다. 해솔이 상상도 하지 못할 일이 벌어질 것 같았다. 그리고 자신은 어떤 식으로든 준비가 되었다는 생각을 했다.

그게 다 구슬인 거거든. 해솔은 자신이 모은 구슬을 보면 유리가 얼마나 경악할지 생각하며 혼자 웃었다.

한국처럼 공부 안 해도 돼

클로이

학원이나 과외 수업이 없는 날 쇼핑센터에서 서성거리
는 버릇이 생긴 건 홈스테이 애들 때문이었다.

썸머힐로 이사 오고부터 맞은편 방에는 항상 클로이와
비슷한 또래의 여자애가 있었다. 그 애들은 대부분 영어를
잘 못해서 클로이에게 숙제를 도와달라거나 메시지를 대신
써 달라거나 할 때가 많았다.

그런 부탁들은 괜찮았다. 아니, 사실 그 애들이 부탁을
해 오면 반가운 마음이 더 컸다. 클로이는 어려움에 처한
사람을 도울 때 기분이 좋았고, 그래서 다시 만날 일 없는
타인에게까지 스스로 느끼기에도 과도할 만큼 친절했다.
타인도 아니고 같은 집에 사는 또래 여자애들이 부탁해 온

다면 클로이는 기꺼이 도울 수 있었다. 문제는 그 이후였다.

　홈스테이 애들은 클로이가 정성껏 숙제를 도와줘도 충분히 고마워하지 않았다. 숙제의 결과가 좋지 않으면 도리어 클로이에게 불만을 표현하기도 했다. 그러다가 도움이 필요해지면 다시 클로이를 찾았다. 그다음에는 다시 반복. 그게 3년이나 되풀이되었다.

　부탁을 거절하는 법을 알지 못했던 클로이에게는 그 애들과 집에서 마주치지 않는 것이 유일한 해결책이었다. 마주치면 인사하지 않을 수 없고, 안부를 묻지 않을 수 없고, 곤란한 상황을 돕지 않을 수 없었다.

　그래서 클로이는 달리 갈 곳이 없으면 쇼핑센터에서 시간을 때우다 늦게 들어가는 편을 택했다. 집에 들어갈 때도 길에서부터 2층 지붕 아랫방의 상태를 확인했다. 창문이 열려 있는지, 실루엣이 왔다 갔다 하는지, 희미하게라도 목소리가 들리거나 인기척이 느껴지는지. 애들이 집에 있는 것 같으면 조용히 현관문을 열고서 빠른 걸음으로 올라가 방에 처박혔다.

　이번에는 서울 강남에서 온 공부를 잘하는 애라고 했다. 미국으로 조기 유학을 다녀와 영어도 잘한다고 했다. 몇 번 말을 걸었는데 군더더기 없이 대답하는 게 나쁘지 않았다. 보아하니 이것저것 도와달라고 징징댈 스타일도 아닌 듯하고, 어쩌면 이번에야말로 진짜 좋은 친구가 될 수 있을 거라고 클로이는 기대하고 있었다.

그런데도 집에 안 들어가고 쇼핑센터를 서성이는 건 단순히 오래된 습관에 불과한 걸까? 아니면 불길한 예감을 떨쳐내지 못하는 걸까?

마트에서 음료수를 고르고 있는데 누군가 큰 소리로 클로이를 불렀다. 놀라서 돌아보니 엘리였다.

엘리가 왜 나한테 인사를 하지?

"어, 엘리. 안녕."

클로이는 밝게 인사했다.

"여기서 보니까 진짜 반갑다. 뭐 해?"

엘리가 클로이의 팔짱을 끼며 친한 척을 했다. 같은 교복을 입고 있어서 모르는 사람이 보면 엘리와 클로이가 학교 친구인 줄 알겠지만 전혀 그렇지 않았다. 학교든 길거리든 어디에서든 엘리는 클로이에게 말을 건 적이 없었다. 단한 번도. 심지어 맞은편 집에 살아서 이틀에 한 번꼴로 동네에서 마주치는데도.

"그냥 음료수 사러."

클로이는 당황한 기색을 들키지 않으려고 손에 든 제로 콜라를 흔들어 보였다.

"아, 나도 그거 좋아해. 너랑 나랑 입맛이 비슷한 줄 몰랐네."

콜라 안 좋아하는 사람이 어디 있다고?

"반가웠어, 클로이. 그럼 곧 보자."

엘리는 팔짱을 풀고 활짝 웃으면서 손을 흔들어 보였다. 그리고 그대로 마트를 빠져나갔다. 짧게 줄인 교복 아래로 드러난 길고 날씬한 팔다리가 경쾌하게 흔들렸다. 클로이는 자신의 통통한 몸을 두르고 있는 헐렁한 교복을 내려다보면서 모르는 사람이 봐도 친구라고 여기지 않겠다는 생각을 했다.

마트 앞 복도의 소파에 앉아 제로 콜라를 마시고 있는데 엘리가 다시 나타났다.

"기다렸어, 클로이."

엘리는 클로이와 약속이라도 했다는 듯이 옆에 앉았다.

"무슨 일 있어?"

클로이는 입술 양 끝을 끌어 올리면서 물었다. 이거 정말 이상하잖아? 도대체 왜 이러는 거야? 클로이는 계속 억지웃음을 짓느라 얼굴에 경련이 일 것 같았다.

엘리는 부모님이 둘 다 한국인이었지만 한국말을 하는 걸 들어본 적이 없었고, 한국인으로 보이지도 않았다. 클로이 엄마 말로는 한국어를 알아듣기는 해도 못한다고 했다. 주말에는 스모키 메이크업을 짙게 하고 가슴이 깊이 파인 상의에 핫팬츠 같은 짧은 레깅스를 입었다. 친구들도 비슷하게 입고 다녔는데 모두 백인이었다. 엘리와 친구들은 클로이 같은 모범생 타입과는 눈도 마주치지 않았다.

지금도 지나치게 풍성한 인조 속눈썹을 깜빡거리며 미소 짓는 엘리가 클로이에게는 어색하게만 느껴졌다.

"마스카라 좀 줄래?"

"응?"

"몰랐어? 네 가방 앞주머니에 있어. 꺼내 줘."

클로이가 백팩 앞주머니를 열어 보니 포장을 뜯지 않은 마스카라가 있었다.

"너는 검사 안 할 거라고 생각했어. 나는 꼭 가방 보자 그러거든."

엘리가 손을 내밀었다. 클로이는 마스카라를 손에 들고 뭔가 말하고 싶었지만 입이 떨어지지 않았다.

"왜? 주기 싫어? 너는 마스카라 안 쓰잖아. 화장 안 하는 거 아니었어?"

클로이는 엘리의 손에 마스카라를 내려놓았다. 그러면서 마트 쪽을 돌아보았다. 덩치 큰 직원이 둘을 노려보다가 성큼성큼 다가와 교복 뒷덜미를 잡아끌 것 같았다.

"아, 괜찮아. 나도 걸려서 이름 써냈는데 그 후로도 마트 잘만 다녀. 어차피 저 사람들도 귀찮은 일은 만들고 싶지 않아 하거든. 뭐 하나 가르쳐줄까?"

엘리가 인조 속눈썹을 펄럭이며 눈을 찡긋했다.

"걸려도 마트 밖으로만 나오면 못 잡아. 법이 그렇대. 마트 안에서만 안 잡히면 돼. 잡혀도 빨리 도망치면 괜찮고. 그러니까 지금 저 사람들이 나와서 마스카라 내놓으라고 할 일은 없다는 말이지."

"아, 그렇구나."

클로이가 겨우 입을 떼 한마디 했다.

"아무튼 고마워, 클로이."

"괜찮아."

"그럼 학교에서 봐."

엘리가 클로이를 살짝 끌어안고는 일어났다.

"그래, 학교에서 보자."

학교에서 보더라도 인사를 하거나 대화를 나누는 일은

없을 것이다. 클로이는 엘리가 일어난 후에야 정신을 차리고 엘리를 향해 손을 흔들었다.

*

그날 저녁 집에 돌아왔을 때 홈스테이 애가 방문 앞에 서 있었다. 오늘따라 왜 다들 나를 괴롭힐까. 클로이는 울컥했지만 상냥하게 인사했다.

"해솔아, 안녕. 나 기다린 거야?"

"너한테 물어볼 게 좀 있는데."

"응, 말해."

불길한 예감은 언제나 들어맞기 마련이라고 생각하며 클로이는 고개를 끄덕였다. 들어줘 봤자 아무 의미 없는 부탁의 릴레이가 시작된 것이다.

"너 과외받잖아. 그 선생님 좀 소개해 줄 수 있어?"

"아, 과외받으려고? 우리 엄마한테 말하면……."

"말씀드려 봤는데 그 선생님이 바쁘다고만 하셔서."

"응, 엄마 말대로야. 그 샘 의대 본과생이라 엄청 바쁜대. 나도 겨우 해주는 거라고 했어."

"그럼 한번 물어봐 주기나 할 수 없어? 너 수업하러 왔을 때 받으면 되니까 시간도 많이 안 뺏을 거 아냐."

"아, 그 말도 맞는데…… 근데 원래 나도 안 된다는 거 엄마가 사정해서 해주는 거라. 과외 샘 엄마가 우리 엄마 교회 친구거든. 진짜 어렵게 해주는 거니까 주변에 과외받는단 얘기 하지 말라고 했어. 나도 좋은 샘이라 소개해 주고 싶은데…… 미안해."

"그럼 연락처만 줘봐. 내가 직접 물어볼게."

"아…… 샘한테 물어보지도 않고 번호를 주면 안 될 것 같은데……."

"그럼 내 번호를 드리면 되겠네. 선생님이 수업할 수 있으면 연락하고 아니면 안 하겠지, 뭐. 여기다 네 번호 찍어봐. 내가 네 번호로 지금 메시지 보낼게."

클로이는 순식간에 자기 손바닥에 올려진 해솔의 핸드폰을 바라보았다. 그리고 천천히 번호를 입력했다.

"내 번호 저장해. 내 이름 해솔인 건 알지?"

"응, 근데…… 전달은 할 건데 연락이 안 갈 수도 있어. 그 샘 진짜 바쁘거든."

해솔이 얼굴을 찌푸렸다.

"아무리 그래도 대학생이 그렇게 바쁜가? 의대생들 바쁘다 그래도 과외 여러 개씩 하던데."

클로이의 얼굴이 붉게 달아올랐다. 자신이 부탁을 거절하려고 거짓말을 둘러댄 것처럼 해솔이 느끼는 건 아닐까 걱정되었다. 그게 아니라고 해명하고 싶었다.

클로이는 거짓말을 하지 않았다.

노아가 의대 본과생이라 바쁘다는 이유로 노아 엄마는 클로이 엄마의 부탁을 몇 번이나 거절했다. 엄마는 옆에 서 있는 클로이가 민망해질 정도로 집요하게 부탁했다.

"우리 클로이 의대 가야 돼. 알잖아."

"교회에서 의대 가고 싶은 애가 클로이 하나야? 의대 입시 과외해 달라는 사람이 얼마나 많은 줄 알아? 내가 다 안 된다고 했어. 계속 거절하는 나도 마음이 안 좋아. 근데 노아가 안 하겠다는 걸 어떡해."

그쯤이면 다른 의대생을 찾아볼 만도 했지만 클로이 엄마는 포기하지 않았다. 꼭 노아여야만 한다고 했다. 클로이 엄마가 고집을 부리는 데는 그럴 만한 이유가 있었다.

노아는 주 랭킹 1위인 셀렉티브 스쿨에서 최우수상을 받으며 졸업했다. 성적 시상은 과목당 1등에게 주어졌는데 노아는 네 과목에서 1등을 해 종합 최우수상을 받았다.

상장과 메달을 받기 위해 단상으로 올라갈 때 노아는

이미 시드니대 의대에 합격한 상태였다. 일찌감치 원서를 쓰고 면접까지 마친 의대에 최종 합격하려면 교장이 추천서에 기재한 수능 HSC 예상 점수를 받기만 하면 되었다. 노아는 시험에서 예상 점수를 가뿐히 받았음은 물론이고 수학 과목에서 주 전체 1등까지 했다.

한인 신문 대부분에 노아의 인터뷰가 실렸다. 노아는 겸손함을 잃지 않으며 모두 어머니의 지원 덕분이었다고 했다.

클로이 엄마는 노아 엄마 못지않게 딸을 지원해 주고 싶었다. 좋은 학교가 있는 동네로 이사하고, 영재반과 특목고 준비를 제때 시키고, 좋은 학원에 보내고, 좋은 과외 선생을 붙여주고 싶었다.

다른 건 어렵지 않았다. 다만 좋은 튜터를 구하는 게 문제였다. 노아보다 좋은 튜터는 없으니까. 클로이 엄마는 딸이 노아를 자주 보고 알게 모르게 영향을 받아서 노아처럼 되기를 바랐다. 노아처럼 공부를 하고, 노아처럼 성적을 받고, 노아와 같은 의대에 진학하기를 바랐다.

클로이 엄마는 노아에게 매달리고 또 매달렸다. 클로이를 데리고 노아의 집에 찾아가기도 했다. 집까지 쳐들어온 클로이 모녀를 향해 당황한 표정을 숨기지 못하던 노아는 결국 과외를 승낙했다. 클로이 엄마는 노아의 손을 꼭 잡으면서 몇 번이고 고맙다고 말했다.

클로이는 그 과정을 되풀이하고 싶지 않았다. 그러니 노아에게 해솔의 번호를 주면 안 되었다. 해솔에게 대충 둘러대야 했다.

클로이가 머릿속에서 최대한 부드럽게 말을 고르는 동안 해솔이 먼저 말했다.

"언제 수업이야?"

"내일인데…… 그게…….."

"몇 시? 아무래도 내가 직접 만나서 얘기하는 편이 낫겠다."

애는 도대체 왜 이러는 걸까? 이제 막 학기가 시작했고, 갓 입학해서 적응하기 바쁠 텐데 자기한테 뭐가 어떻게 필요할 줄 알고. 한국에서 공부도 잘했다면서. 학원 다섯 개를 등록해 매일 가고 싶다고 말도 안 되는 소리를 하더니 이제는 과외까지 받겠다고 이 난리라니.

클로이는 멍하니 해솔의 얼굴을 바라보면서 엄마가 한창 보고 있는 드라마를 떠올렸다. 드라마에서는 시드니 도심에 가야 볼 수 있을 크기의 건물이 학원이었다. 그 건물

옆도, 그 옆도 모두 학원 건물이었다. 깜깜한 밤까지 학원의 불빛이 환했고, 건물들 앞에는 학원 버스가 줄지어 서 있었다. 고등학생들은 한밤까지 학원에서 공부하는 것도 모자라 집에서도 자신을 감금한 채 공부를 했다. 가르친다기보다 학대하는 것에 가까운 과외 선생에게 수업을 받고 싶다고 울기까지 했다.

"저거 봐라, 한국 애들은 저렇게 공부해. 넌 쟤들에 비하면 맨날 놀고먹는 거야."

엄마는 드라마를 볼 때마다 클로이를 불러서 말했다.

"저건 드라마니까 그렇지. 엄마가 맨날 그랬잖아. 한국 드라마는 다 판타지라고."

엄마는 어이없다는 듯이 웃었다.

"애들이 대학 가려고 밤새워 공부하는 게 판타지라는 거야? 아이고, 그렇게 철없는 소리를 하는 거 자체가 네가 맘 편히 산다는 증거다."

텔레비전에서는 딸의 거짓말을 알게 된 아버지가 딸의 뺨을 때리는 장면이 나왔다. 미국 명문대에 입학한 줄 알았는데 아니었던 거다. 아버지는 딸이 거짓말을 해서 돈을 타 갔다는 것보다 명문대에 입학할 정도의 성적을 받지 못했다는 것에 더 분노해서 딸을 두들겨 패기 시작했다.

그러니까 저게 다 판타지가 아니라고? 좋은 대학에 못 갔다고 딸의 뺨을 때리고, 성적이 나쁜 아들을 가둬놓고 공부시키는 아버지가 있다고? 공부를 못한다고 가두고 때리고 가출하고 자살하고, 그게 모두 진짜라는 거야?

"그래, 너 저렇게 안 살게 하려고 여기 이민 온 거야. 성공했네, 딸이 이렇게 세상 물정 모르게 큰 걸 보면."

클로이가 입을 꾹 다물고 텔레비전을 보는 동안 엄마는 계속해서 비아냥댔다. 엄마가 하려는 말이 뭔지는 명확했지만 클로이는 끝까지 모른 척할 생각이었다.

"근데 우선 학원 수업을 좀 더 들어보고 결정하는 건 어때?"

클로이는 애써 상냥한 목소리로 해솔에게 미소를 지어 보였다. 애도 불안해서 그러겠지. 그러니 내가 친절하게 알려줘야지.

"우리 집에 유학생들이 홈스테이로 많이 와서 알거든. 첫 텀에는 학교 숙제랑 학원 숙제만으로도 되게 바쁘다고 하더라고. 과외까지 할 여유가 없을 거야. 10학년부터는 교과목도 좀 어려워지고 하니까."

"그러니까 더 도움이 필요할 것 같아서 그래. 늦게 유학

을 왔으니까 빨리 감을 잡아야 될 거 아냐. 학원을 더 다닐
까 생각도 해봤는데 개인 과외가 나을 것 같아, 아무래도."

"아, 못 따라갈까 봐 걱정돼서 그러는 거구나. 해보고
어려우면 나한테 말해. 내가 도울 수 있는 건 도와줄게. 근
데 괜찮을 거야. 호주에서는 그렇게 빨리 뭘 하려고 하지
않아도 돼. 사실 공부 자체를 하는 애가 많이 없어. 학교 다
니면 알겠지만 호주 애들은 학원도 안 다녀. 12학년 되면 과
외를 받는다고는 하는데 10학년 때는 아니야. 아무튼 한국
이랑은 달라."

"너는 학원도 다니고 과외도 하잖아."

클로이는 말문이 막혔다. 엄마가 시켜서 다니는 거라고
대답하고 싶지는 않았다. 그게 진실이라고 해도 말이다.

호주에서는 그렇게 공부 안 해도 된다고 클로이가 해솔
에게 한 말은 사실 엄마가 클로이에게 늘상 하는 말이었다.
다만 뒤에 따라붙는 말이 있었다.

호주에서는 한국에서처럼 공부 안 해도 좋은 대학에 갈
수 있다. 여기 애들이 하도 공부를 안 해서 바보가 아닌 이
상 열심히만 하면 좋은 대학에 갈 수 있다. 공부 머리가 있
으면 의대도 해볼 만하다. 천재가 아니어도 되고, 한국처럼

밤을 새워가면서 공부하지 않아도 된다. 그러니까 너도 의대에 갈 수 있고, 가야 한다. 조금만 열심히 하면 갈 수 있으니 조금만 열심히 해보자. 그럼 엄마 아빠 고생한 거 다 보상받는 거다. 엄마 아빠가 너 의대 보내려고 이렇게 말도 안 통하는 외국까지 와서 갖은 고생하는 거 알지 않느냐.

그러니까 클로이가 해솔에게 했던 말은, 한국에서처럼 공부하지 않아도 된다는 그 말은 그렇게 안 해도 좋은 대학에 갈 수 있다는 뜻인 거다. 좋은 대학에 무조건 가야 한다는 전제가 있는 말이고, 좋은 대학에 가지 못하면 최소한의 공부 머리도 없는 바보라는 뜻인 거다. 한국에서 하는 공부의 반의 반도 안 하니까 공부로 불평하지 말고 닥치고서 열심히 하라는 뜻인 거다.

"나는 그런데…… 그냥 전에 홈스테이 애들이 어려워했던 게 기억나서……."

"어쨌든 내일 번호 전해줄 수 있어? 곤란하면 내가 직접 말해볼게."

"아냐, 내가 말해볼게. 뭐 별거도 아닌데."

"그래, 고마워."

해솔은 그대로 자기 방에 들어가 문을 닫았다. 이제 클로이도 방으로 들어갈 차례였다. 그리고 황량한 뒷마당을 내려다보면서 엘리와 해솔과 나눈 대화를 떠올리며 더 남아 있지도 않은 손톱을 물어뜯을 차례였다.

네가 알던 영어가 아니다

해솔

호주의 학교생활은 한국과 달랐다. 당연했다. 해솔도 예상한 거였다. 아무리 다르더라도 미국에서 조기 유학을 했고, 여러 가지로 충분히 준비되어 있다고 생각했다. 그러나 막상 첫 텀이 시작되자 해솔이 전혀 예상하지 못한 차이가 감당할 수 없을 정도로 쏟아졌다.

하나, 교복이 상상 이상으로 촌스럽다.

2월에 시작하는 1학기는 한여름이었고, 그래서 해솔이 처음 입게 된 교복은 하복이었다. 막연하게 반팔 블라우스에 치마를 생각했던 해솔은 반팔 원피스를 받아 들고 놀랐다. 하늘색 세로줄 무늬의 셔츠 원피스였는데 아래 주름이 없어서 통으로 떨어졌다.

무릎까지 오는 하늘색 통 원피스는 그야말로 잠옷 같았다. 더 솔직히 말하면 해솔은 잠옷으로도 입지 않을 디자인이었다. 그러나 잠옷 원피스보다 더 끔찍한 건 모자였다.

교복 모자. 썸머힐 하이스쿨의 교복은 모자가 포함되어 있었다. 챙이 넓은 밀짚모자 모양으로 형태가 고정된 뻣뻣하고 두꺼운 파란색 모직이었다. 정면에 학교 로고가 새겨져 있었다.

하늘색 줄무늬 잠옷에 파란색 모직 모자라니. 평소 검은색과 회색을 주로 입는 해솔에게는 징벌 같은 교복이었다. 해솔은 교복을 입고는 한 장의 사진도 남기지 않겠다고 다짐했다.

둘, 선생님들이 배우지 않은 것을 질문한다.

호주 학교에 입학하기 전 해솔은 몇 차례 악몽을 꾸었다. 수업을 시작하기 앞서 지난 시간 배운 것에 대한 질문을 받았는데 제대로 대답하지 못하는 꿈이었다.

"조금만 천천히 다시 말해주시겠어요?"

꿈속의 해솔이 차분하게 부탁하자 파란 눈의 선생님이 질문을 반복한다. 그러나 해솔은 여전히 알아듣지 못한다.

선생님은 필름을 느리게 감듯이 음절 하나하나를 천천히 말해주고, 금발의 아이들이 쑥덕대기 시작한다. 해솔은 죽고 싶다는 생각을 하면서 지난 시간에 배운 것을 떠올리려 애쓰지만 머릿속은 하얗다.

꿈속과 마찬가지로 선생님들은 수업이 시작될 때마다 교실을 돌아다니며 무작위로 질문을 던졌고, 해솔에게도 차례가 돌아왔다. 하지만 악몽은 재현되지 않았다. 해솔이 대답을 잘해서가 아니라 악몽에서와는 다른 질문을 받았기 때문이었다.

호주의 선생님들은 배운 것이 아니라 배우지 않은 것을 물었다.

"언제 세계대전이 시작되었는지 아니?"

역사 시간, 해솔이 이런 질문을 받았을 때는 세계대전에 대해 배우기 전이었다.

"원자의 구조가 어떻게 되는지 아니?"

역시나 원자의 구조에 대해 배우기 전이었다.

그러니까 선생님들이 던지는 질문은 지난 시간에 배운 것에 대한 테스트가 아니라 그날 수업에서 배울 것에 대한 환기였다. 당연히 학생들의 대답은 엉뚱한 오답이거나 모른다는 말이 대부분이었다. 해솔도 그렇게 대답을 했다. 한국에서는 수업 시간에 모른다는 대답을 한 적이 없었다. 그런 대답을 하면 몹시 수치스러울 거라고 생각했는데 이상하게도 아무렇지 않았다.

"이제부터 그걸 알아볼 거야."

선생님들은 자연스럽게 해솔의 무지를 바탕으로 수업을 시작했다.

셋, 내가 알던 영어가 아니다.

해솔은 영어에 자신이 있었다. 어릴 때 영어 유치원부터 시작해 미국에서 3년간 조기 유학을 했고, 그 후에도 오래 미국인 선생님에게 과외를 받아서 영어로 의사소통하는 데 어려움이 없었다. 말하기도 그랬지만 듣기는 정말이지 자신 있었다. 영어 듣기 시험에서 늘 만점을 받았고, 시험이라고 따로 준비하거나 긴장하는 일도 없었다. 그래서 호주의 학교 수업을 따라가기 어려웠을 때 해솔은 크게 당황했다.

왜 안 들리지?

이유는 간단했다. 선생님들의 국적이 다양하기 때문이었다. 역사 선생님은 레바논 출신이었고, 지리 선생님은 호주 지도를 걸어놓고서 프랑스 출신이라는 것을 자랑스레 이야기했다. 수학 선생님은 인도인이었고, 체육 선생님은 중국계가 틀림없었다.

미국 영어에 익숙했던 해솔은 호주 억양을 익히려고 호주 영어 유튜브를 오래 구독했지만 세계 갖가지 억양이 깃든 영어에는 전혀 준비되지 않았다.

해솔은 중국 선생님이 왜 자꾸 친구에게 입을 맞추라고 할까 의아해하다가 그게 '키스'가 아니라 '키즈'라는 것을 알게 되었다. 선생님은 손뼉을 치면서 "헤이, 키스!"라고 외치곤 했다.

프랑스 선생님이 '제이'라고 말하는 게 '데이'라는 것을 알아차리는 데도 오랜 시간이 걸렸고, 인도 선생님의 수학 시간에는 숫자 자체를 잘 알아듣지 못해서 칠판에만 눈을 고정하고 있어야 했다.

호주 선생님이라고 쉬웠던 건 아니다. 억양은 어느 정도 적응을 했지만 줄임말은 알아듣기 힘들었다. 아침 먹었냐고 물으면서 '브렉퍼스트'가 아니라 '브레키'라고 말할 때는 대답이 선뜻 나오지 않았다. 영국 사람을 가리키는 '포미'나 닭을 가리키는 '축'은 호주 영어를 가르치는 유튜브 어디에서도 배운 적이 없는 단어들이었다. 그런 단어가 매일같이 쏟아졌다. 연극반 선생님이 '보근'처럼 걸어보라고 했을 때 해솔은 도대체 무슨 말인지 몰라 그날 밤 몇 시간 동안 인터넷을 뒤져야 했다.

넷, 호주 학교에 없는 것: 지우개, 내 교실, 짝 혹은 친구.

호주 학교에서는 연필과 지우개가 금지였다. 썼다 지웠다 하는 것은 안 좋은 습관이라면서 펜으로만 쓰도록 했다. 필기를 하다가 쓰던 문장을 죽죽 그어버리고 그 아래 덧붙여 쓰면서 노트는 끝없이 지저분해졌다. 해솔은 짜증이 나서 노트를 박박 찢고 아예 새로운 페이지에 시작하고 싶었지만 영어로 필기하는 게 아직 익숙하지 않아 그럴 여유가 없었다.

친구가 있었다면 노트가 아니라 노트북에 필기하는 게 훨씬 편하다는 것을 금방 익혔겠지만 이제 막 유학 온 해솔에게는 친구가 없었다. 해솔은 이미 한국에서도 반이 바뀔 때마다 친구가 없는 시기를 겪어왔고, 그런 시기를 담담하게 지내는 편이었다. 그러나 친구 없이 혼자 다니는 시간이 한 달을 넘어가자 슬슬 불안해졌다.

다행이라면 호주 학교에는 반마다 지정된 교실이 없다는 거였다. 선생님마다 그 과목에 맞게 꾸민 교실이 있었고(레바논 선생님은 역사 교실을 아랍 궁전처럼 꾸며놓았다), 매시간 교실을 옮겨 다녔다. 그러니 자기 자리랄 게 없었다. 그냥 옮겨 다닐 때마다 빈자리 아무 데나 앉으면 되었다. 해솔처럼 친구가 없어도 크게 티가 나지 않았다.

그러나 세상은 그렇게 만만하지 않았다. 어느 나라든 어느 학교든 따돌림을 당하는 애가 있고, 따돌리는 애가 있다. 호주도 마찬가지였다. 그런 애들이 언제 두드러지느냐가 문제였다.

썸머힐 하이스쿨 수업 시간표

9:00 ~ 10:00	1교시
10:00 ~ 10:05	교실 옮기는 시간
10:05 ~ 11:05	2교시
11:05 ~ 11:25	쉬는 시간
11:25 ~ 12:25	3교시
12:25 ~ 12:30	교실 옮기는 시간
12:30 ~ 1:30	4교시
1:30 ~ 2:10	점심시간
2:10 ~ 3:10	5교시

교실을 옮겨 다니는 시간은 말 그대로 가방을 챙겨서 교실을 옮기고 노트북을 꺼내면 시간이 다 갔지만 이십 분 간의 쉬는 시간이 문제였다. 자기 반이나 자기 자리가 없으니 건물 밖으로 나가야 했다. 해솔은 쉬는 시간마다 가방을

메고 어색하게 교정을 떠돌았다.

몇 주를 그렇게 다니며 관찰한 결과 그룹별로 암묵적으로 정해진 장소가 있다는 것을 알게 되었다. 정문 쪽 잔디밭 벤치는 인도 애들이, 운동장 옆 나무 아래는 베트남 애들이, 건물 내에서 유일하게 사용이 허가된 1층 화장실은 백인 애들이 차지했다. 해솔은 어느 그룹도 차지하지 않은 잔디밭 구석의 쓰레기통 옆에 앉아 책을 읽었다. 책을 읽는 시늉만 하는 거였지만 아무튼.

다섯, 인종차별보다 인종 내 차별이 심하다.

호주에 간다고 했을 때 유리를 비롯한 친구들은 모두 인종차별을 걱정했다. 해솔도 크게 다르지 않았다.

너희 나라로 돌아가라고 소리치겠지.

개고기 맛이 어떠냐고 조롱할 거야.

다짜고짜 달걀을 던질 수도 있고.

해솔은 모든 경우의 수를 생각했다. 인종차별적인 말을 듣고도 알아듣지 못할까 봐 한국인을 비롯한 동양인 비하 표현을 찾아보기도 했다. 그리고 거울을 보고 담담한 표정과 쏘아붙일 말을 연습했다.

절대 당황해서는 안 돼. 째려보며 한국어로 욕을 해서

기선 제압을 하는 거야.

씨발새끼야 꺼져, 씨발 좆같은 인종주의자 새끼, 씨발
놈, 씨발.

해솔은 욕이 입에 붙을 때까지 여러 번 연습을 했는데
모두 쓸데없는 일이었다는 걸 입학하자마자 알게 되었다.

썸머힐 하이스쿨에는 언뜻 보기에도 한국인과 중국인
등 동아시아인이 절반을 넘었고, 인도인과 베트남인 등등
을 포함한 유색인은 전체 학생의 80~90퍼센트에 달했다.
백인이 띌 정도였다. 시드니에서 아카데미 명문으로 분류
되는 사립학교와 특목고인 셀렉티브 스쿨은 대부분 이렇다
고 했다.

학생이 다인종인 데다 유색인이 절대다수인 만큼 인종
차별은 딱히 없었다. 다만 인종끼리의 구분이 분명했고, 다
른 인종에 관심이 없었다. '오지'라고 불리는 백인은 백인끼
리, 중국인은 중국인끼리, 한국인은 한국인끼리 어울렸다.

같은 인종이라고 해서 모두 어울려 지내는 건 아니었
다. 한국인만 봐도 그랬다. 해솔은 썸머힐 하이스쿨 내 한국
계 애들이 세 부류로 나뉘어 있다는 걸 금세 알아챘다. 한
국어를 쓰는 유학생 부류와 영어를 쓰는 교포 부류, 그리고
이도 저도 아닌 중간 부류.

한국계 애들은 다른 인종과 어울리지 않는 것보다 더 극명하게 다른 한국 애들 부류와 섞이지 않았다. 정확히 말하자면 서로를 아주 싫어했다. 교포들은 유학생들을 대놓고 무시하며 괴롭히기도 했고, 유학생들은 한국인이 아닌 척하는 교포들을 경멸했다. 중간 무리 애들은 양쪽을 다 싫어하고, 양쪽으로부터 동시에 미움을 받았다.

해솔이 미리 익혀 온 아시아인 비하 표현은 전혀 듣지 못해서 금세 잊어버렸다. 그 대신 한국계 애들이 서로의 그룹에 붙인 비하 표현을 배우게 되었다. FOB(Fresh Off the Boat)나 ABG(Asian Baby Girl) 따위의 말이었다. 그러니까 해솔 같은 유학생은 배에서 막 내린 FOB였고, FOB를 조롱하며 스모키 메이크업을 하고 짧은 티셔츠를 입는 애들은 ABG였다. 그리고 클로이는 FOB와 ABG가 모두 싫어하는 중간 무리에 있었다.

술이나 담배나 마약이나

클로이

토요일 오후는 클로이가 가장 좋아하는 시간이었다. 오전에 학원을 다녀와 점심을 먹고 나면 몇 시간의 자유 시간이 주어졌다. 그 시간만큼은 공부를 안 해도, 게임만 계속해도 엄마가 뭐라고 하지 않았다.

그날도 클로이는 게임을 할 생각에 들떠서 비빔국수를 급하게 흡입했다. 옆에 앉은 해솔은 젓가락으로 국수를 이리저리 젓고 있었다. 클로이는 해솔이 깨작깨작 먹는 모습을 보면 밥맛이 떨어졌지만 애써 무시하고 얼른 국수를 해치웠다.

식탁에서 일어나 빈 그릇을 들고 싱크대로 향하는 도중에 현관문이 열렸다. 그리고 사람이 아닌 커다란 매트리스가 집 안으로 밀고 들어왔다.

클로이 아빠가 현관 앞에 서서 이쪽으로, 저쪽으로 지시를 했다. 클로이 엄마는 종종걸음을 치며 매트리스를 따라다녔다. 그렇게 매트리스는 거실 벽에 세워지고 매트리스의 양쪽에서 엘리의 아빠와 엄마가 얼굴을 드러냈다.

엘리의 아빠와 엄마는 주방에 선 클로이에게 손 인사를 하고 나갔다가 커다란 박스를 들고 다시 들어왔다. 이번에는 엘리도 함께였다. 배가 드러난 탱크톱에 살구색 레깅스를 입은 엘리 역시 박스 두 개를 들고 있었다.

"안녕, 클로이."

엘리가 거실에 박스를 내려놓고 클로이에게 손을 흔들었다. 클로이도 어색하게 손을 흔들어 보였다. 옆에서 해솔이 "ABG네"라고 중얼거리는 소리가 들렸다. 클로이는 엘리가 들었을까 봐 큰 소리로 인사를 했다.

"안녕, 엘리. 잘 지냈어?"

이러한 엘리 가족의 방문은 3년 전에 클로이 가족이 썸머힐로 이사를 오면서 시작되었다. 그건 클로이 가족이 그전에 살던 집보다 집값이 세 배는 비싼 썸머힐로 이사 오기까지 겪은 일련의 과정과 관련이 있었다.

클로이의 부모는 썸머힐 한인 교회의 오랜 신도였다. 그래서 클로이가 셀렉티브 스쿨에 떨어졌을 때 엄마는 교회 신도의 자녀들이 많이 다니는 썸머힐 하이스쿨을 자연스레 떠올렸다. 썸머힐 하이스쿨은 아카데믹한 사립학교로 유명했고, 학교 랭킹 역시 셀렉티브 스쿨을 제외하고 뉴사우스웨일스주 1, 2위를 다투었다.

셀렉티브 스쿨에 못 가게 된 마당에 썸머힐 하이스쿨보다 더 좋은 대안은 없었으나 클로이 엄마는 쉽게 결정을 내리지 못했다. 학교가 너무 멀어 등하교를 하다가 길에서 공부 시간을 다 뺏길 게 걱정이 됐고, 근처로 이사를 가자니 썸머힐의 렌트비가 너무 비쌌다. 같은 여신도회의 친구에게 고민을 털어놓자 친구는 앞집 이야기를 꺼냈다.

"노부부가 집을 렌트 주고 양로원에 들어가려고 하더라고. 집 깨끗하게 쓸 사람을 찾는데 돈은 별 상관 안 하는 눈치였어. 거동이 불편해서 작은 집에 산 거지 그 집 말고도 집이 몇 채 더 있다고 했거든. 내가 한번 잘 말해볼게."

그 친구를 통해 클로이 가족은 시세보다 훨씬 싼 값에 집을 얻었다. 클로이 엄마는 고마운 마음에 과일을 살 때도 넉넉히 사고, 반찬을 만들 때도 넉넉히 해서 앞집에 가져다주었다. 그렇게 음식을 나르는 와중에 그 집 차고에 사는 엘리네 가족을 만나게 되었다.

클로이네 맞은편 집에는 차고를 개조해서 만든 작은 스튜디오 같은 별채가 있었다. 방 하나에 거실이 딸린 구조로 작지만 부엌과 화장실도 있었다.

엄마 친구가 그 집을 빌릴 때 집주인은 차고를 작업실 용도로 수리하기는 했지만 주거 공간으로 써서는 안 된다는 점을 명확히 했다. 정부에서 시찰을 나오면 불법으로 걸릴지 모른다는 거였다.

"그럴 거면 애초에 왜 사람이 살게끔 만들어 놓은 거야? 말도 안 되지. 안 그래?"

엄마 친구는 집주인의 요구가 부당하다고 했다. 터무니없이 비싼 렌트비에는 차고를 개조한 비용이 다 들어가 있는 거라고 했다. 그 비용을 충당하기 위해서라며 엄마 친구는 같은 교회에 다니는 엘리네에게 세를 주었다.

그 결과 1년에 한 번씩 집주인이 부동산 업자와 함께 정기 인스펙션을 나올 때마다 엘리 가족은 집에서 나와야 했다. 차고를 주거용으로 쓰고 있다는 것을 들키면 안 되었으므로 살림살이를 모두 챙겨서 나왔고, 인스펙션이 끝나면 도로 짐을 챙겨서 들어갔다.

술이나 담배나 마약이나

클로이 엄마는 오이소박이와 어묵볶음을 가지고 앞집에 가는 길에 교회 식구인 엘리네 가족이 이삿짐을 짊어지고 나가는 걸 보게 되었다.

"멀리 갈 것 없이 우리 집에 와 있어요."

클로이 엄마의 제안에 엘리 엄마는 그렇게까지 신세를 질 수는 없다며 연거푸 사양했지만 결국 받아들였다.

"작은 집이라 살림살이가 많지 않다고 생각했는데 꺼내다 보면 한도 끝도 없이 나와서 차 하나에 다 들어가지도 않더라고요. 작년에는 매트리스를 차 위에 묶고 차 문도 겨우 닫을 만큼 짐을 가득 싣고 저기 썸머힐역 지나서 공원 있죠? 그 공원으로 갔어요. 거기다 짐을 내려놓고 저는 짐을 지키고 남편은 다시 집으로 와서 남은 짐을 싣는 거에요. 그러고도 엘리랑 셋이서 배낭이랑 캐리어에 옷이며 신발을 잔뜩 채워서 끌어안고 있어야 되고요. 차 옆에 짐 더미랑 같이 앉아서 인스펙션이 끝나기를 기다리는데……."

엘리 엄마는 눈물을 훔치느라 잠시 말을 멈췄다. 클로이 엄마는 엘리 엄마의 등을 도닥였다.

"인스펙션은 그래봐야 삼십 분이에요. 그런데 불안하니까 전날부터 차에 짐을 실어놨다가 아침 일찍 나가거든요. 아침부터 공원에 그러고 앉아 있으면 사람들이 흘긋흘

굿 봐요. 피난민처럼 보였겠죠. 누가 신고라도 하지 않을까 얼마나 불안한지 몰라요."

클로이는 엄마에게 모든 이야기를 전해 들었다. 엘리 가족을 길에서 마주칠 때마다, 엘리네랑은 전혀 상관없는 부동산 이야기가 나올 때마다 그 이야기는 반복되었다. 특히 앞집 인스펙션 날이 정해지면 그날이 올 때까지 매일 클로이 엄마는 같은 이야기를 하고 또 했다.

"저렇게 사는 사람들도 있는데 우리는 정말 편하게 사는 거야. 감사해야지."

이야기는 은혜와 감사에서 끝나지 않았다. 엄마는 교회에서 들은 엘리네 가족에 대한 소문을 클로이에게 빠짐없이 전해주었다.

엘리네 부모가 20대 중반에 말도 못 뗀 엘리를 데리고 호주에 왔다는 이야기, 그때만 해도 한국어 하면 영어 못하는 줄 알고 한국어를 안 가르친 부모가 많았는데 엘리의 부모도 그중 하나여서 엘리가 한국말을 못 한다는 이야기, 그런데 아직까지 영주권이 나오지 않아서 국적이 한국이라는 이야기, 한국말도 못 하는 애를 한국에 보낼 수 없으니 여기서 유학생 신분으로 학비를 두 배나 낸다는 이야기, 부모가 쓰리잡을 뛰어가며 사립학교 학비를 댄다는 이야기,

엘리만 보고 그 고생을 하는데 엘리가 공부를 안 해서 속상해한다는 이야기.

"그럼 공립학교에 가는 게 낫지 않아? 걔는 진짜 공부 안 해. 그 돈 내면서 사립학교에 다닐 필요가 전혀 없어 보이는데."

클로이가 말을 보태자 엄마는 고개를 절레절레 저었다.

"그렇다고 또 어떻게 애를 공립에 보내. 그랬다가 대학도 못 가고 마약중독자나 되지. 그냥 부모만 개고생하는 거야."

"이미 마약 할 수도 있어. 걔랑 같이 다니는 애들이 학교에서 유명하거든. 작년에 정학받은 애도 둘이나 있는데."

"썸머힐에서?"

"응. 걔네 무리가 있어. 백인 애들."

"엘리네 엄마 진짜 착한데. 안됐다, 안됐어."

클로이 엄마는 엘리네 집에 대해 이야기할 때면 늘 그러듯이 혀를 차면서 앞집이 보이는 창문으로 다가가 커튼을 쳤다. 엄마의 뒷모습이 순간 어둠에 잠겼다.

"엄마가 얼마 줬어?"

집 앞에 서서 엘리가 물었다. 클로이는 그제야 손을 펴

보았다. 50달러 지폐가 손에 쥐어져 있었다.

"야, 우리 그거로 술 사 먹자."

"미쳤어?"

그때까지 아무 말이 없던 해솔이 신경질적으로 대꾸했다. 직설적이라는 건 알고 있었지만 영어로는 어느 정도 말을 가려서 할 줄 알았는데. 클로이는 엘리의 얼굴을 살폈다. 다행히 엘리는 크게 신경 쓰지 않는 듯했다.

"나도 밖에 있어야 되는 거야? 그냥 내 방에서 문 닫고 있으면 안 돼? 이런 게 있었으면 홈스테이 시작하기 전에 말해줬어야 하는 거 아냐?"

해솔은 얼굴을 잔뜩 찡그리고 클로이를 향해 한국어로 쏘아댔다.

"꼭 나가야 하는 건 아닌데 어른들이 할 얘기가 있다니까 어쩔 수 없지. 같이 나갔다 오라고 용돈도 주셨잖아. 그냥 잠깐만 밖에 있다가 들어가면 될 것 같은데."

"그건 네가 받은 돈이지. 난 그 돈 없어도 돼. 할 얘기 있는 어른들이 나가야지 왜 우리 보고 나가라 그래. 난 진짜 아무 상관도 없는 사람인데."

엘리가 파리를 쫓듯 손을 흔들었다.

"야, 계속 여기 서 있을 거야? 우리 타운으로 가자. 내

술이나 담배나 마약이나

가 술 살 수 있는 데 알아."

엘리가 앞장서고 클로이가 그 뒤를 따랐다. 해솔은 클로이를 붙잡았다.

"진짜 술 마시러 간다는 거야? 너도 술 마셔?"

"아니, 난 안 마셔. 근데 여기 집 앞에 계속 있을 수는 없잖아."

"그래서 지금 쟤랑 술 사러 간다고? 너 쟤랑 친해?"

"그렇다기보다…… 쟤네 엄마가 준 돈이니까 쟤가 쓰고 싶은 데 쓰는 게 맞는 것 같아서. 그러지 말고 너도 같이 가자."

클로이는 해솔의 팔을 부드럽게 끌어당기며 엘리를 따라갔다. 물론 클로이는 엘리와 함께 있는 것도 해솔과 실랑이를 벌이는 것도 싫었다. 엘리와 술을 사서 해솔과 같이 나눠 마시는 건 상상도 할 수 없었다. 그런데도 해솔을 설득해 엘리를 뒤따랐다. 다른 방법이 없었다. 엘리 엄마가 준 돈을 가지고 엘리랑 싸울 수는 없지 않은가. 자기 집에 홈스테이로 와 있는 해솔을 내버려 두고 가는 것도 너무 무책임하지 않은가.

결국 클로이는 신이 난 엘리와 잔뜩 짜증이 난 해솔 사이에서 그 애들과 함께 걸었다. 정말이지 판타스틱한 토요일 오후였다.

*

썸머힐역에서 광장 쪽 출구는 한국인 거리, 반대쪽 출구는 중국인 거리로 불렸다. 누가 법이라도 정한 것처럼 한국인 거리에는 한인 마트와 숯불갈빗집, 해장국집, 반찬 가게, 한국인이 운영하는 커피숍과 빙수 가게, 노래방이 즐비했고, 중국인 거리에는 통오리가 주렁주렁 매달린 가게와 꼬칫집, 덤플링 하우스, 중국어로 상품 이름을 내건 청과상과 중국식 베이커리가 늘어서 있었다.

중국인 거리에서 역을 등지고 십 분쯤 걷다 보면 공원이 나왔다. 입구부터 조성된 산책로 왼편의 숲으로 들어가면 안쪽에 터널이 있고, 그 옆에 웃자란 풀이 무성한 작은 공터가 자리했다.

엘리는 거기가 술 마시기 가장 좋은 곳이라고 했다. 클로이도 동의한다는 뜻에서 고개를 끄덕였다. 한국인 거리로 가면 교회 사람들을 가게마다 만나기 때문에 중국인 거리가 더 안전했다. 그러나 중국인 거리에서도 교회 사람들을 심심치 않게 볼 수 있으니 거기서도 한참을 떨어져야 했다.

"여기는 아무도 안 와. 특히 이 시간에는."

엘리는 진한 향수 냄새를 풍겼다. 거기다 터널에서 흘러나오는 비릿한 물 냄새, 썩은 과일에서 나는 역한 단내, 출처를 알 수 없는 지린내가 섞여서 클로이는 머리가 아플 지경이었다.

엘리가 흙색 종이봉투에서 보드카를 꺼냈다. 투명하고 길쭉한 병에 빨간색 라벨이 세로로 붙어 있었다.

"아, 내 사랑."

엘리는 병을 입에 대고 한 모금 마시더니 클로이에게 건넸다.

"미안, 나는 술 안 마셔. 너 마셔."

"그래, 너는 안 마실 것 같았어."

엘리는 고작 한 모금을 마셨는데 벌써 술 냄새가 났다.

"너는? 이름을 까먹었네."

"나도 안 마셔."

"이름은?"

"몰라도 돼."

"H로 시작했던 것 같은데."

"해솔."

"아, 맞다. 해솔. 이름이 존나 어려워서 잊어버렸어. 그런 이름 처음 들어봐."

해솔은 더 이상 대꾸하지 않았다. 엘리 쪽은 쳐다보지도 않았고, 불편하다는 표정을 숨기지도 않았다. 저럴 거면 왜 여기까지 따라와서 같이 앉아 있는지 클로이는 이해할 수 없었다.

엘리는 담뱃갑에서 조인트를 꺼내 피웠고, 해솔은 코를 킁킁거렸다.

"이거 쑥뜸 냄새인데? 우리 집 가사 도우미 아줌마가 자주 해서 알아."

해솔이 한국어로 말했으므로 클로이에게 하는 말이 분명했지만 클로이는 뭐라고 대답해야 할지 난감했다. 클로이는 쑥뜸이 뭔지 몰랐다.

엘리는 보드카를 한 모금 더 마셨다.

"씨발, 나 혼자 마시니까 좀 그렇네."

"괜찮아, 편하게 마셔."

클로이는 엘리가 빨리 술병을 다 비우고 얼른 집으로 돌아갈 수 있기를 바라면서 상냥하게 말했다.

"술 안 마시면 이거 할래?"

엘리가 피우던 조인트를 클로이에게 넘겼고 클로이는 고개를 저었다. 엘리는 해솔에게도 권했다. 해솔은 안 그래도 인상을 쓰던 얼굴을 더 구겼다.

"담배 안 피워."

"담배 아닌데. 우리 FOB는 이게 뭔지 모르는구나?"

엘리가 싱긋 웃었다.

"아, 이거 담배가 아니라 조인트야."

클로이는 엘리가 해솔을 대놓고 FOB라고 부르는 것에
놀라 얼른 한국어로 엘리의 말을 잘랐다. 둘이 싸움이라도
벌이면 일이 복잡해질 것이다.

"조인트가 뭔데?"

"위즈 말아서 피우는 거."

"위즈는 또 뭐야?"

"마리화나."

잔뜩 찡그린 해솔의 얼굴이 순간 펴지면서 눈과 입이
벌어졌다. 엘리가 웃음을 터뜨렸다.

"너 진짜 웃긴다."

클로이는 엘리에게 한국에서는 위즈가 불법이라 해솔
이 놀랐을 거라고 설명했다.

"여기서는 아냐?"

해솔이 클로이에게 영어로 물었다.

"여기서도 불법이 아닌 건 아닌데…… 한국처럼은 아

니야."

"그러니까 너 지금 마약을 하는 거야?"

해솔이 엘리에게 묻고 엘리는 다시 웃음을 터뜨렸다.

"이건 마약이 아니라 그냥 조인트야. 호주 문화를 한참 더 배워야겠네, FOB."

해솔은 잠시 바닥을 노려보다가 고개를 들고 클로이에게 한국어로 물었다.

"얘 지금 마약 하는 거잖아, 아니야?"

"위즈는 마약이라고 하긴 좀 그런데…… 네가 무슨 말을 하는지는 알겠어."

"뭘 알겠다는 거야? 얘가 마약을 하는데 넌 아무렇지도 않아?"

"나는 안 해."

"그런 말이 아니잖아. 이게 정상이야? 공원에서 고등학생이 마약을 하는 게?"

"술 마시는 것도 정상은 아니지."

"술하고 마약하고 같냐? 담배도 아니고 마약인데?"

"술이나 담배나 마약이나. 우리한테 불법인 건 다 마찬가지야. 걸리면 학교에서 잘릴걸?"

클로이는 자기도 모르게 뱉은 말에 겁이 나 주변을 둘

러보았다. 그러나 엘리의 말대로 그곳에는 아무도 오지 않았다.

"미쳤네. 완전히 미쳤어."

해솔은 고개를 저으면서도 자리를 뜨지 않았고, 가만히 앉아서 엘리가 보드카를 마시고 조인트를 피우는 것을 계속 지켜보았다. 클로이 역시 해솔과 엘리를 번갈아 보며 오랫동안 기다렸다.

FOB와 ABG

해솔

다행히 해솔의 왕따 생활은 오래가지 않았다. 해솔이 한국인이고, 그중에도 유학생이기 때문이었다. 한국인 유학생 무리는 또 다른 한국인 유학생이 혼자 다니게 내버려 두는 건 자신들의 수치라는 듯이 해솔에게 손을 뻗었다.

해솔이 파악하기에 그 무리는 유학생 부류에서도 가장 존재감이 없는, 다시 말해 급이 떨어지는 그룹이었다. 같은 화장품을 나눠 쓰는지 셋 다 분가루가 날릴 것 같은 새하얀 얼굴에 빨간색 틴트를 바르고 다녔다. 거기다 짧게 줄인 교복을 입고 앞머리에 롤까지 말았는데도 존재감이 없다니 놀라울 지경이었다.

한국이었다면 절대 친해지지 않았을 애들이었다. 해솔

은 화장을 하지 않았고, 집에서조차 머리에 롤을 말아본 적이 없었다. 멍청해 보인다고 생각했다. 다만 여기서는 선택지가 많지 않았다. 앞으로 3년간을 왕따로 지내고 싶지 않았다. 그래서 그 애들이 잔디밭에 혼자 앉아 있는 해솔에게 다가와 말을 걸었을 때 해솔은 감사의 마음으로 초대에 응했다.

얼굴에 각이 져서 사나워 보이는 민주는 애슐리라는 영어 이름을 썼고, 여드름이 많이 나 쿠션을 계속 덧바르는 도아는 앰버, 목소리 톤이 높아서 웃는 소리가 거슬리는 채연이는 스텔라라고 했다. 셋 다 영어 이름이 전혀 어울리지 않았다.

"너는 영어 이름이 뭐야?"

민주가 해솔에게 물었다.

"영어 이름 없는데?"

"여기서는 영어 이름이 있어야 돼. 선생님이나 애들이 한국 이름을 발음하질 못하거든."

"해솔이라고 잘 말하던데?"

"헤이쏠, 이런 식이던데 잘하긴 뭘 잘해. 말할 때마다 엄청 어려워하는 거 못 느꼈어?"

"뭐, 어려워도 어떡해. 내 이름이 이런걸."

"그러니까 영어 이름을 만들어야지."

"너는…… 리사 어때?"

"리사 괜찮다. 잘 어울려."

채연이 민주의 말에 맞장구를 쳤다.

"됐어, 갑자기 무슨 리사야. 징그러. 그냥 해솔 할래. 귀찮아."

해솔은 자기 이름이 뻔히 있는데 영어 이름을 짓는 게 몹시 우습다는 말은 하지 않았다. 금발에 파란 눈인 패트릭이라는 이름의 외국인이 한국에 와서 나는 지민이라느니 정국이라느니 하면 이상해 보이지 않겠느냐고 되묻지도 않았다. 영어 이름을 자랑스럽게 생각하는 그 애들을 깔보는 것처럼 들릴 듯해서였다. 그게 사실이기도 했고.

애슐리와 앰버, 스텔라─사실은 민주와 도아, 채연은 해솔이 묻지도 않은 것들을 해솔에게 가르쳐주었다. 그렇게 해솔은 학교 내 한국계 애들의 지형도를 더 정확하게 그릴 수 있게 되었다.

가장 먼저 FOB. 민주와 도아, 채연, 그리고 해솔까지. 유학생들은 FOB라고 불렸다.

Fresh Off the Boat.

이제 막 배에서 내렸다는 뜻으로 난민을 비하하는 표현이었는데 학교에서는 영어를 못하는 유학생을 지칭할 때 쓰였다. 해솔이 조인트를 모르자 엘리가 FOB라고 비아냥댔듯이 호주 문화에 대해 잘 알지 못하고 호주 사회에 섞여 들지 못하는 외국인을 묶어서 무시하는 말이었다.

그러니까 호주에서 한국 스타일로 입고 다니는 애들. 호주에서 K-POP을 듣는 애들. 호주에서 한국 드라마를 보는 애들. 호주에서 한국어로만 이야기하는 애들. 호주의 한인 타운에 가서 떡볶이를 먹고 노래방에 가는 애들. 호주에서 한국을 사는 애들.

부적응자. 외부인. 이방인. 찐따.

그게 민주, 도아, 채연이었고, 해솔이었다.

유학생을 FOB라고 부르는 건 엘리와 같은 ABG였다.

Asian Baby Girl.

부모가 모두 한국인이고 자신도 검은 머리에 검은 눈을 하고 있지만 누가 한국인이냐고 물으면 불쾌한 표정을 짓는 애들. 한국말을 할 줄 모르는 애들. 한국 문화를 좋아하는 걸 찐따 같다고 생각하는 애들. 한국 유학생들을 FOB라고 부르며 무시하고 조롱하는 애들. 부모가 원하는 대로 공부 잘하고 순종적인 아시안이 되지 않기 위해 발악하는 애들.

백인과 어울리면서 자신도 백인이라고 착각하는 애들. 자기부정에 빠진 불쌍한 애들.

이런 애들이 ABG로 불리는 건 꾸미고 다니는 방식 때문이었다. 스모키 메이크업에 인조 속눈썹을 붙이고, 피어싱과 타투를 하고, 기다란 네일을 하고, 타이트한 크롭티를 입고 인스타에 셀카를 올리는. 그런 외양이 아시안 베이비 걸로 불렸다.

ABG와 FOB 사이에 중간 무리가 있었다.

한국에서 태어나 호주에서 자란 애들. 한국인도 호주인도 아닌 애들. 한국 문화에 대해 잘 알지 못하는데 그렇다고 호주 문화에 포함되어 있는 것도 아닌 애들. 부모와 한국어로 대화하지만 영어가 더 편한 애들. 한국어를 할 때 실수할까 두려워하면서 영어 역시 완벽하지 않다고 느끼는 애들. 한국어로 떠드는 FOB와 자신을 구분 지으면서도 호주인과 친해지지 못하는 애들. 결국 한국 애들끼리 영어로 이야기하며 지내는 애들.

한국인 이민자 1.5세대.

한국을 고국이라 부르는 1세대 이민자도 아니고, 호주에서 태어나 호주인으로 살아가는 2세대 교포도 아니었다. 1.5세대는 1세대의 기대에 부응해서 명문대에 진학한다. 의사가 되고, 변호사가 되고, 오페라하우스가 내려다보이는 고층 건물에 취직한다.

공부 잘하는 동양인, 찌질한 너드. 그 편견이 맞다는 걸 증명하는 애들.

그러니까 클로이.

FOB와 ABG, 그리고 그 중간 어딘가 1.5세대까지. 해솔이 이걸 교내 지형도라고 부르는 이유는 세 부류의 지리적 위치가 명확히 나뉘기 때문이었다. 이십 분간의 쉬는 시간에 그 지형도는 두드러졌다.

중간 무리인 클로이 그룹은 모범생으로 이루어진 만큼 보통 다음 수업에 늦지 않게 교실이 있는 건물 바로 앞 벤치에 머물렀고, 엘리는 잘나가는 백인 애들과 화장실을 독점하고 진한 화장을 더 진하게 고치면서 시간을 보냈다.

해솔이 속한 유학생 그룹은 잔디밭과 운동장을 지나 농구장에서 모였다. 거기까지 가는 데만 오 분이 걸렸다. 그러니 오가는 시간을 빼면 모여 앉을 수 있는 시간은 겨우 십 분이었다. 그렇게 쉬는 시간의 절반을 낭비하면서까지 멀디먼 농구장에서 모이는 이유를 누구도 말해주지 않았고, 해솔도 캐묻지 않았다. 좀 가까운 데서 모이자고 말하지도 않았다. 그저 쉬는 시간이 되면 부지런히 걸었다.

FOB 중에서도 가장 급이 떨어지는 그룹의 위치는 딱 거기라는 걸 말하지 않아도 모두가 알고 있었다.

여기 완전 한국이네

클로이

클로이는 과외 수업이 끝나고 가방을 챙기는 노아를 가만히 바라보다가 말을 꺼냈다.

"정말 죄송한데요."

클로이는 괜한 말을 했다가 노아가 자기 과외마저 하지 않겠다고 하면 어쩌나 걱정하면서도 해솔의 말을 전했다. 더 미루었다가는 해솔이 과외 도중에 쳐들어올 기세였다.

"근데 걱정하지 않으셔도 돼요. 샘 바쁘다고, 안 될 거라고 이미 말해놨어요."

노아는 잠시 답이 없었고, 클로이는 초조해졌다.

"그냥 못 한다고 제가 전하는 게 낫겠죠?"

"둘이 같이하는 건 어때?"

"네?"

"걔도 수학 과외받는다며. 같은 집에서 사는데 뭐 하러 따로 해."

"걔랑 저는 레벨이 다를 텐데요. 걔는 이제 막 입학한 유학생이고 저는…….."

클로이는 자기 입으로 전교 1등이라고 말하기 민망해서 말을 흐렸다.

"한국에서 온 애들이 수학을 잘하더라고. 선행 학습을 많이 한대. 지금 집에 있으면 한번 불러봐."

망했다. 클로이는 반박할 말을 찾다가 결국 어색하게 일어났다.

해솔은 노아가 건넨 문제지를 순식간에 풀어냈다. 고민하는 기색도 없었고, 이미 정답을 다 아는 것처럼 확신에 차 있었다.

"다 맞았네."

노아는 피식 웃으며 말했다.

조금 전 클로이는 똑같은 문제지를 풀었고, 한 문제를 틀렸다. 클로이는 얼굴이 붉어지는 것을 느꼈다.

여기 완전 한국이네

　그렇게 클로이와 해솔은 매주 수요일에 같이 과외를 받게 되었다.

　클로이는 자신이 못한 거절을 엄마가 대신 해줄 거라 굳게 믿었다. 하지만 엄마는 두 명이 같이 받으면 과외비를 싸게 해준다는 노아의 말에 넘어가고 말았다. 클로이 엄마한테는 개인 수업이든 그룹 수업이든 노아가 튜터이기만 하면 상관없었고, 똑같이 노아에게 배우는데 돈이 덜 든다면 그보다 더 반가운 일은 없었다.

　결국 클로이는 자기 방이 아닌 1층 주방의 식탁에서 해솔과 나란히 앉아 수학 문제를 풀었다. 해솔은 클로이보다 빨랐고, 덜 틀렸다. 클로이는 수업 시간마다 시험을 보는 것 같은(매번 시험에서 탈락하는 것 같은) 스트레스를 받았지만 아무 내색을 하지 않으려 애썼다.

　반면 해솔은 클로이와 같이 수업을 받는 것에 상당히 만족하는 듯했다. 노아를 소개해 줘서 고맙다는 말도 여러 번 했고, 과외 수업이 있는 수요일이면 같이 하교하자고도 했다.

　"어차피 집도 같잖아."

"그래, 뭐."

딱히 거절할 말이 없었던 클로이는 떨떠름한 얼굴로 해솔과 같이 집으로 가는 버스를 탔다.

얘가 나를 무시하는 거야. 그게 아니면 과외를 시작한 이후로 이렇게 태도가 변할 리 없어. 지보다 공부를 잘하는 줄 알고 경계하다가 이제는 아래로 보는 거야.

"갑자기 친해진 것 같아서 좋네."

클로이는 버스 창문 밖을 보면서 말했다. 부드럽게 돌려서 해솔을 떠볼 생각이었다.

"너 전에는 내가 말 걸면 대답도 잘 안 했잖아. 그래서 나 싫어하는 줄 알았거든."

근데 이제는 좋아하니? 너보다 수학을 잘 못해서?

"싫고 좋고가 어딨어."

언제나처럼 낮고 분명한 목소리였다. 해솔의 태도는 변했지만 목소리의 톤은 변하지 않았다는 것이 클로이에게 이상한 위로를 주었다.

"난 너 싫어한 적 없어. 그렇다고 좋아한 것도 아니지만. 지금도 비슷해. 우리 서로 그럴 만한 일이 없었잖아."

클로이는 고개를 돌려 해솔의 옆얼굴을 보았다. 뾰족하고 우뚝한 코. 날카로운 턱선. 클로이에게는 없는 것들이었

여기 완전 한국이네

다. 그리고 그런 것들이 해솔이 정직한 사람임을 보여주는 증거처럼 보였다. 해솔은 적어도 클로이의 도움을 받고도 클로이를 원망하고 학교에서 모른체하며 무시하지는 않을 것 같았다.

"오늘 과외 끝나고 같이 놀래?"

해솔이 고개를 들렸고, 둘은 교문을 나선 후에 처음으로 눈을 마주쳤다.

"그래, 좋아."

클로이는 씩 웃었다.

*

놀랍게도 해솔은 썸머힐역 근처 한국인 거리에 가본 적이 없다고 했다. 지난번에 엘리와 같이 중국인 거리 쪽 공원에 가본 게 다라는 거였다.

클로이는 자신만만하게 자기만 따라오라고 했다. 클로이 엄마는 썸머힐 한인 타운은 한국이나 마찬가지라고 했다. 한식당이 많아서 다른 지역에서 한국 음식을 먹으러 올 정도였고, 한인 수에 비례한 한식당 숫자로는 미국 LA 한인 타운보다 더 많다고 했다. 치즈 불족발부터 도가니탕, 다

금바리 회까지 없는 게 없었다.

클로이는 해솔에게 모닝글로리와 명랑핫도그를 보여 줄 생각에 들떠 앞장서서 걸었다.

여기 완전 한국이네! 해솔이 분식집에서 국물떡볶이와 튀김, 순대, 주먹밥, 다섯 가지 김밥(얼마 전에 매운 멸치 김밥도 생겼다)이 가득한 메뉴를 보고 눈을 동그랗게 뜨고서 그렇게 소리칠 거라고 생각했다.

클로이에게는 준비된 대답이 있었다. 이거 먹고 빙수도 먹으러 가자. 인절미 빙수. 그렇게 후식까지 다 정해져 있었다. 저 멀리 한국에서 온 손님을 위한.

"이게 다야?"

해솔은 거리의 끝에서 끝까지를 죽 걷더니 고개를 두리번거렸다.

"다 치킨집 아니면 고깃집이네. 햄버거 먹고 싶은데."

결국 클로이와 해솔은 쇼핑센터 안 맥도날드로 들어갔다. 해솔은 메뉴를 훑어보더니 불고기버거가 없는 것을 신기해했다.

"한국에서 에그 불고기버거 신메뉴로 나왔다는데. 여긴 당연히 없겠지?"

클로이는 에그 불고기버거라는 이름을 들어본 적이 없

었다. 사실 불고기버거도 들어만 봤지 먹어보지 못했다.

"난 빅맥. 너는?"

해솔은 블랙앵거스버거를 골랐다. 한국에는 없는 메뉴라고 했다. 맥도날드가 뭐 그리 대단하다고 계속 국적을 따지는지 클로이는 짜증이 났다.

"코노 있어? 나 코노 가고 싶었는데."

햄버거를 입에 물고 해솔은 또다시 클로이가 모르는 것에 대해 물었다.

"코노가 뭔데?"

"코인 노래방. 없나 보네. 없을 것 같았어."

"노래방 있어. 최신곡도 다 있어."

"아냐, 됐어."

해솔은 실망스러운 표정을 지었다.

"근데 감자튀김에 왜 케첩을 안 줘?"

"가서 달라 그래."

클로이는 남은 빅맥을 모조리 입으로 밀어 넣었다. 해솔이 클로이를 가만히 보다가 고개를 돌렸다.

"그만 먹어야겠다. 배불러."

해솔은 절반 정도 남은 앵거스버거를 내려놓고 휴지로 입을 훔쳤다. 클로이는 남은 감자튀김을 입에 털어 넣었다.

케첩 없이도 맛있기만 한데. 저렇게 까탈스러우니 입이 짧을 수밖에 없지.

클로이가 해솔의 감자튀김까지 모두 먹어치우고 콜라에 손을 뻗치자 해솔이 벌떡 일어났다.

"나가자."

"디저트 먹으러 갈래? 빙숫집 있는데."

"아니, 배불러. 호주 애들은 학교 끝나면 보통 뭐 하고 놀아?"

"쇼핑센터 돌아다니고. 공원도 가고."

"공원? 저번에 엘리랑 같이 갔던 데?"

"나는 그렇게 으슥한 데까지는 안 가고 그냥 공원 잔디밭에 앉아서 놀아."

"잔디밭에서 뭐 해?"

클로이는 어깨를 으쓱해 보였다.

"시티도 가고. 아무래도 시티는 놀 게 많으니까."

"시티? 여기는 시티가 아니야?"

클로이는 핸드폰을 꺼내 영한사전으로 '도심'이라는 단어를 찾았다.

"시드니 도심을 시티라고 불러."

"시티에는 뭐가 있는데?"

작작 좀 물어봐라. 클로이는 짜증을 억누르려고 숨을
골랐다.

"나중에 가봐."

"어떻게 가는데?"

"트레인 타고 가면 돼."

해솔은 고개를 숙이고 잠시 골똘히 생각하는 듯했다.

"같이 갈래?"

"그래, 다음에 같이 가자."

클로이는 어떻게든 핑계를 대서 같이 가지 않겠다고 다
짐하며 고개를 끄덕였다.

하이스쿨의 마약상

해솔

호주 하이스쿨에는 1년에 두 번 시험이 있었다. 썸머힐 하이스쿨의 중간시험은 2학기 중반인 6월, 연말 시험은 4학기 중반인 11월이었다.

해솔이 호주 학교에 입학해서 처음 치는 중간시험을 일주일 앞둔 쉬는 시간이었다. 해솔과 민주, 도아, 채연은 농구장이 아니라 화장실 앞에서 모였다.

교실 이동 시간을 포함해 수업 시간 중 화장실 사용이 금지된 상태였다. 쉬는 시간과 점심시간에만 화장실을 개방했고, 그것도 모든 층의 화장실이 아니라 1층에 있는 한 개의 화장실만 쓸 수 있었다. 그래서 쉬는 시간마다 줄이 길었고, 화장실에서 먼 교실에서 수업을 하는 날에는 이십 분 내내 줄을 서서 기다려야 했다.

"이게 말이 돼?"

"진짜 학교 고소해야 하는 거 아냐?"

애들은 너나없이 불평을 했다.

"인권침해야, 완전."

"겨우 위즈 가지고 화장실을 못 쓰게 하면 대체 어쩌자는 거야?"

해솔도 교장의 서명이 있는 단체 메일을 받아서 왜 화장실 사용이 금지되었는지 알고 있었다. 수업 시간에 학생 몇 명이 모여 화장실에서 마리화나를 피우다 적발되었고 해당 학생들은 정학을 받았으며 당분간 수업 시간 중 화장실 사용을 금지한다는 내용이었다. 학교는 이런 행위에 무관용을 고수할 거라고 했다. 해솔은 메일을 보고 충격을 받았는데 다른 학생들이 충격을 받은 부분과는 매우 다른 듯했다.

"근데 선생님들이 어떻게 안 거야? 2층 화장실에서 걸렸다며. 교사 화장실은 1층이잖아. 수업 시간에 감시 다니는 거야?"

"개판을 쳐놓고 갔대. 휴지 다 뽑아 놓고 립스틱으로 거울에 그림도 그리고 난리를 쳤나 봐. 그래서 쉬는 시간에 애들이 들어가서 본 거지."

"그럼 누가 이른 거잖아. 누구야?"

좀처럼 줄어들지 않는 줄에 서서 애들은 끊임없이 불만을 쏟아놓았다. 해솔은 그 대화가 도무지 이해가 안 되었다.

"마리화나가 진짜 담배랑 별 차이 없는 거야? 어떻게 학교 화장실에서 마리화나를 할 수 있어?"

해솔이 친구들에게 목소리를 낮춰 한국어로 묻자 지루한 얼굴로 서 있던 민주와 도아, 채연은 앞다투어 떠들기 시작했다.

"너 진짜 그런 얘기 하다 FOB 취급받아. 여기서 마리화나는 담배랑 별다를 바 없어."

"너 모르지. 지난달에 12학년 선배가 각성제 먹고 공부하다 환각 증상 와서 베란다에서 떨어져 죽은 거."

"각성제는 마약이라고 보기 좀 그렇지. 그건 12학년 되면 진짜 많이 한대. 커피 먹고 공부하는 거랑 별 차이 없다던데."

"진짜 마약 하고 죽은 사람도 있잖아. 작년에 포멀 파티에서 한 선배가 약하고 도로로 뛰어나가서 차에 치여 죽은 거 기억 안 나? 난리 났었잖아."

"그 선배 셀러여서 평소에도 마약을 엄청 했대."

민주와 도아, 채연이 아무렇지도 않게 주고받는 이야기를 듣던 해솔은 "셀러?"라고 되물었다.

"마약 파는 걸 말하는 거야? 학교에 마약상이 있다고?"

"마약상이라니까 무슨 조폭 같다. 그냥 마약을 대량으로 사면 싸니까. 그렇게 사서 학교에서 나눠 팔고 돈 남겨서 지네들 마약 하고 그러는 거래."

"그러니까 우리 학교에도 마약상이 있다는 거잖아."

"너네 반에도 있을걸? 거의 반마다 셀러가 있다는데?"

해솔은 영어 수업 때 모이는 자기 반 애들을 떠올리며 그중 누가 마약상일지 생각했다. 다들 평범한 고등학생처럼 보이는데…… 그런 애들이 마약을 대량으로 사서 되판다고?

"너네 엘리라고 알아? 한국계인데 백인 애들이랑 어울려 다니는 애."

해솔은 같은 반은 아니지만 공원에서 마리화나를 연달아 피우는 모습을 직접 본 엘리에 대해 물었다. 클로이에게 엘리가 마약을 하는 걸 학교에 신고해야 하는 거 아니냐고 물었더니 클로이는 도아처럼 담배랑 별다를 바 없다는 말만을 되풀이했다.

"그래, 걔 셀러야. 걔는 유명한데."

"걔가 이번에 걸린 애잖아. 걔네 무리 다 정학받았어."

맙소사. 해솔은 순간 머리가 어지러웠다. 내가 마약상하고 공원 으슥한 데 갔던 거야? 마약상이 마약을 하는 걸 지켜보고? 마약상한테 마약을 권유받고?

해솔은 친구들에게 더 이상 엘리에 대해 말하지 않았다. 앞집에 산다느니 한 번 놀았다느니 하는 쓸데없는 말을 할 필요는 없었다.

어떤 식으로든 걔랑 엮이지 말아야지. 친구들이 엘리에 대해 하는 말을 들으면서 해솔은 조용히 다짐했다. 그러나 그 다짐은 오래가지 못했다.

*

그날 오후에 엘리가 해솔의 집에, 정확히 말하자면 클로이의 집에 찾아왔다. 엘리가 정학을 당했으니 한동안 마주칠 일이 없을 거라고 생각했던 해솔은 자기도 모르게 "뭐야?" 하고 내뱉고 말았다.

"학교 안 나가니까 심심해서."

엘리는 천연덕스럽게 집으로 들어와서 거실 소파에 앉았다.

"클로이는?"

"없어. 학원 보충 수업 있다고 한 거 같은데."

"언제 들어와?"

"모르지. 네가 연락해 봐."

"나 클로이 번호 모르는데?"

"그럼 세 시간쯤 있다가 다시 와. 그땐 집에 있을 거야."

"오래 걸리네. 놀러 나갈래?"

"너랑? 아니."

서울이었다면, 그러니까 자기 집이었다면 해솔은 주저없이 엘리에게 나가라고 했을 것이다. 앞으로도 너랑 노는 일은 없을 테니 다시는 찾아오지 말라고도 했을 것이다. 그러나 얹혀사는 처지에 주인집에 찾아온 손님을 내쫓기는 쉽지 않았다.

"클로이 올 때까지 여기서 기다려. 난 올라간다."

"너는 오늘 뭐 하는데?"

"시험공부해야지."

정학을 당한 애한테 중간시험이 일주일 남았다는 사실은 그다지 중요하지 않을 것 같아서 해솔은 말을 멈추었다.

"아…… 나 심심한데."

해솔은 "어쩌라고"라는 말이 튀어나오려는 걸 겨우 삼

켰다.

"친구들도 같이 정학받았잖아. 걔네랑 놀아."

"세 명은 외출 금지고, 한 명은 연락이 아예 안 돼. 씨발, 핸드폰 뺏겼나 봐."

"너는?"

엘리는 주머니에서 핸드폰을 꺼내서 보여주었다.

"나는 자유야."

"아주 좋겠네."

"더 좋을 수 없지."

해솔은 비꼬았던 건데 엘리는 제대로 알아듣지 못한 듯했다.

"술 마실래? 내가 살게."

"나 술 안 마셔."

"그때 같이 마셨잖아."

"너 혼자 마셨거든?"

"그럼 오늘 같이 마시면 되겠다."

"됐어."

"네가 맛있는 술을 안 마셔 봐서 그래. 내가 살게. 한번 마셔 봐."

"싫어."

"넌 존나 부정적이다."

엘리가 손에 턱을 괴고 해솔을 빤히 바라보았다.

"넌 정학을 당하고도 긍정적이라 좋겠다."

이번에는 해솔이 비꼰 것을 알아들었는지 엘리가 코웃음을 쳤다.

"존나 꼬였네, 씨발."

엘리는 주머니에서 봉투 하나를 꺼내 건넸다.

"너 포멀은 올 거지?"

봉투 안에는 금박으로 장식을 하고 필기체로 프린트한 포멀 파티 초대장이 들어 있었다.

"포멀 인스타 계정도 만들었어. 나 팔로우하고 있나? 내 계정에서 타고 들어오면 되는데."

해솔은 엘리를 팔로우하는 일은 없을 거라고 생각하면서 포멀 초대장을 들여다보았다.

12월 10일 목요일 7시.

미드썸머 홀.

물론 해솔도 포멀을 알고 있었다. 10학년과 12학년 연말에 학교 주최로 치르는 파티인데 미국의 프롬과 비슷하다고 했다. 남자애들은 턱시도를 입고 여자애들은 롱 드레스에 힐을 신고 홀에서 춤을 추는 것으로 해솔은 이해했다.

그런 파티 장면이야 영화에서 많이 보아 쉽게 그려볼 수 있었지만 그 장면 속에 자신을 넣기는 쉽지 않았다. 영화 속에서는 설정상 고등학생이라고는 하나 누가 봐도 해솔보다 열 살은 많아 보이는 금발의 남녀들이 리무진에서 샴페인 잔을 부딪치며 고개를 꺾고 웃다가 키스를 했다. 검은 단발머리에 깡마른, 그리고 (인정하고 싶지는 않지만) 여드름이 잔뜩 난 해솔이 골드 스팽글이 달린 실크 드레스를 입고서 턱시도를 입은 남자 손을 잡고 왈츠 따위를 춘다니 도저히 상상이 안 되었다.

"회비는 100달러. 3학기 시작하고 8월부터 걷을 거야."

해솔이 아무 말이 없자 엘리는 포멀에 안 올 거냐고 물었다.

"지금 대답해야 하는 거야?"

"아니, 그런 건 아닌데. 왜?"

"먼저 친구들한테 물어보고."

"씨발, 미쳤어? 걔네 데리고 오지 마. 온다고 해도 오지 말라 그래."

엘리는 혀를 길게 빼고 토하는 시늉을 했다.

"혼자 오기 그러면 클로이랑 같이 와. 걔 친구들도 찐 따라서 파티 안 올걸?"

"나 클로이랑 안 친해."

"그렇게 따지면 네가 친한 애가 어딨어. 같이 어울려 다니는 애들이랑도 별로 안 친하잖아. 딱 봐도 네가 존나 싫어하는 것 같던데."

해솔은 그 애들을 좋아한다고 하기도 싫고, 그렇다고 엘리의 말이 맞다고 인정하기도 싫어서 아무 말도 하지 않 았다.

"아무튼 초대장은 너만 갖고 있어. 걔네한테 주지 말고."

엘리는 그대로 일어나서 인사도 없이 나갔다. 해솔은 얼른 2층 방으로 뛰어 올라가 책상 서랍에 초대장을 넣었다.

이민자에게 다른 선택지는 없다

클로이

1층 거실 소파에서 엄마와 노아가 이야기를 나누는 동안 클로이는 1층과 2층 사이 계단에 앉아 난간의 거미를 보고 있었다. 가는 다리가 길어서 '아빠의 긴 다리 거미'라고 불리는 거미였다.

클로이가 학교에서 배운 대로 이 거미에는 독이 없다고 말해도 엄마는 항상 질색했다. 아무리 죽여도 자꾸 뒷마당에서 들어온다며 풀을 다 밀어버리고 싶다고 했다. 풀을 다 밀 필요는 없었다. 한 해도 못 가서 풀은 다 죽고 독을 품은 꽃나무만 남았는데도 거미는 계속해서 어디선가 나타났다.

"클로이, 의대 갈 수 있겠지?"

엄마의 간절한 목소리. 노아의 대답은 들리지 않았다.

"왜? 어려울 것 같아? 아무래도 수학이 문제인 거지? 수학은 필수과목이라 어쩌지도 못하는데, 그치?"

"아뇨, 그런 게 아니라요……."

말이 거기서 끊기자 클로이는 우아하게 움직이는 거미의 긴 다리에 눈을 고정한 채 손톱을 물어뜯기 시작했다. 클로이가 중간시험 수학 과목에서 전교 1등을 놓친 탓에 엄마는 신경이 예민해졌고, 벌써 삼십 분이 넘도록 노아를 붙잡아 두고 있었다.

"클로이 성적은 문제가 없어요. 앞으로 어떻게 하느냐가 중요하겠지만 지금처럼 공부하면 성적은 문제가 없을 것 같아요."

"그럼 왜? 성적 말고 다른 문제가 있는 거야? 유캣 시험 때문에? 그거 이름만 바뀐 거라고 들었는데, 아닌 거구나. 어떻게 바뀐 거니? 그게 클로이한테 불리할까?"

클로이 엄마는 올해 유맷 시험에서 유캣 시험으로 바뀐, 의대 입학에 필요한 임상 적성 시험에 관한 질문을 쏟아냈다. 의사가 되려면 학업 성취 능력만 아니라 사람을 대하는 태도나 가치관, 공감 능력 및 팀워크 능력 역시 중요하게 봐야 한다는 명목하에 신설된 시험으로 흔히 인성 테스트라고 불렀다.

클로이 엄마는 평소에도 이 시험에 대해 불평을 많이 했다.

"그게 동양 애들이 공부를 잘해서 의대를 독점하니까 그래. 백인들이 주류 사회를 뺏길까 봐 자기네한테 유리한 시험을 만든 거야. 견제하는 거지."

자녀를 의대에 보내려는 엄마들은 자주 정보를 교환했고, 엄마는 유맷 시험 역시 공부하면 된다는 결론을 얻었다.

"그래봐야 시험이잖아. 예상 문제 뻔하고. 11학년에 유맷 준비반 다니면 괜찮대."

클로이 엄마는 안심했지만 작년에 유맷 시험이 유캣 시험으로 바뀐다는 뉴스를 보고는 패닉에 빠졌다. 이후 다른 엄마들과 수많은 통화를 하고 학원에 직접 가서 물어본 결과 이름만 바뀐 거라는 정보를 얻고 평온을 되찾았다. 그러나 정작 올해 첫 시험이 치러진 후에 예상과는 다르다는 이야기를 듣고 다시 수많은 통화와 문의를 반복하는 중이었다.

"그거 사이코패스 걸러내는 거라고 들었는데…… 아니니? 클로이는 착하고 다른 사람도 잘 돕고 문제가 없지 않겠어? 친구들이랑 싸움 한 번 한 적이 없거든."

클로이 엄마의 말이 점점 빨라졌다. 클로이는 덩달아

초조해졌다.

"그냥 상식 시험 같은 거예요. 클로이 GA 시험 봤잖아요. 그것처럼 그냥 IQ 테스트 같은 거니까 너무 걱정하지 않으셔도 돼요."

"그럼 클로이 의대 갈 수 있겠지? 그치?"

"클로이가 가고 싶어 하면 갈 수 있을 거예요."

"클로이야 가고 싶어 하지. 그러니까 어릴 때부터 그렇게 공부를 시킨 거 아니니."

엄마는 클로이가 이제껏 의대 입학을 위해 준비해온 것들에 대해 늘어놓기 시작했다. 그건 노아도 익히 아는, 시드니에서 자라는 한국 아이라면 누구나 겪는, 길고 긴 이야기였다.

*

시작은 초등학교 3학년 때부터였다. 초등학교 5학년과 6학년을 대상으로 한 영재반인 OC반 시험이 4학년 9월에 있었고, 클로이는 그보다 1년 전인 3학년 때 엄마와 함께 학원을 찾았다.

"조금 늦었네요. 요즘은 거의 2학년 때 시작하거든요.

킨디 때 오는 애도 많고."

학원에서는 그렇게 말했다.

"근데 어차피 어머니도 OC반이 목표는 아니시잖아요. 이번에 안 돼도 바로 셀렉티브 준비로 넘어가면 되니까 너무 걱정하지는 마세요."

그때 클로이는 불안해하는 엄마 옆에 얌전히 앉아 '엄마의 목표'에 대해 생각했다. 엄마의 목표가 OC반이 아니면 뭘까? 엄마는 OC반에 가야 한다고 했는데.

학원 OC 준비반에서 클로이는 하이스쿨 과정을 배웠다. OC반이란 영재들에게 초등학교 고학년 때 하이스쿨 과정을 미리 가르치는 거였고, 그 반에 들어가려면 초등학교 저학년 때 하이스쿨 과정을 배워야 했다.

클로이는 학원 수업에 잘 적응하지 못했다. 상담 시간마다 엄마는 딸이 초등학교 3학년이 되어서야 입시를 시작한 것이 얼마나 치명적인 실수였는지를 들어야 했다.

"시험에 응시한 아이 중에서 15퍼센트만 합격하는 게 통계예요. OC반 시험 볼 정도면 날고 기는 애들인데 그중에서도 15퍼센트만 합격하니까 너무 기대하시지 않는 게 좋아요."

후회와 불안으로 점철된 1년을 보낸 후 클로이의 OC반

합격 소식을 들은 엄마는 딸이 의대라도 합격한 것처럼 목 놓아 울었다. 클로이가 OC반 시험에 떨어졌으면 엄마 자신을 용서하기 힘들었을 거라고 했다.

OC반 수업은 재미있었다. 토론도, 실험도, 진도가 빠른 수업도 모두. 선생님은 클로이를 뛰어난 학생이라고 칭찬했다. 친구들과도 잘 어울렸고, 주말이면 서로의 집에 가서 파자마 파티를 하기도 했다. 그러나 그 모든 시간, 1년을 송두리째 바쳐 겨우 들어간 영재반에서의 2년은 그다지 중요하지 않았다. 진짜 목표가 남아 있었다. OC반은 어디까지나 과정일 뿐이었다.

OC.

Opportunity Class.

기회를 주는 수업.

영재반은 무슨 기회를 주는 걸까? 클로이는 무슨 기회를 부여받았을까?

OC반 수업이 시작되자마자 클로이는 셀렉티브 준비반에 등록했다. 엄마가 더 이상 실수하지 않겠다고 별렀으므로 이번에는 늦지 않았다.

학원에서는 예상 시험 문제를 풀고 풀이를 했다.

"학원에서 하는 문제 풀이는 오답 노트처럼 구멍 난 걸 메꾸는 거예요. 그러니까 새로 배우는 게 아니라 원래 아는 걸 테스트하는 거죠."

과외를 권한 건 학원에서였다.

"과외는 필수예요. 학원만 다녀서는 셀렉티브 못 가요."

클로이 엄마는 바로 튜터를 구했다. 영어 튜터와 수학 튜터를 따로 구했고, 과외를 할 때마다 간식을 넣어주면서 클로이가 잘하고 있는지 물었다.

5학년 4학기를 마친 후 여름방학, 클로이 할머니가 한 달간 호주를 찾았다. 할머니는 호주 관광에 클로이를 데리고 다니고 싶어 했고, 아빠 역시 할머니가 왔을 때 추억을 많이 만드는 게 좋겠다고 했다. 그러나 셀렉티브 스쿨 시험이 6학년 1학기에 있었고, 5학년 여름방학이 시험을 대비할 수 있는 마지막 시기였으므로 클로이는 매일 공부를 해야 했다.

"아직 애잖니. 애가 불쌍하지도 않니."

할머니는 항상 같은 말을 했다.

"어머니, 클로이를 고3 수험생이라고 생각하셔야 돼요. 호주에서는 하이스쿨 입시가 대학 입시만큼 중요해요. 셀렉티브 못 가면 공립에 가야 되는데 거기는 마약 하는 애들 천지예요. 그런 데서 면학 분위기가 생기겠어요? 거기서는 대학 못 가요. 그렇다고 명문 사립은 저희 사정에 생각도 못 할 만큼 비싸고요."

클로이 엄마는 지는 법이 없었다.

"저희 둘 다 물려줄 돈도 없고, 좋은 직장 소개해 줄 연줄도 없어요. 서포트해 줄 게 교육밖에 없다고요. 우리 같은 이민자들은요, 다른 옵션이 없어요."

엄마의 말은 할머니를 설득하기보다 도리어 화만 돋울 때가 많았지만 엄마는 개의치 않았다.

"오늘 과외 선생님 오시니까 저도 집에 있어야 돼요. 바다는 클로이 아빠랑 둘이 다녀오세요. 클로이는 셀렉티브 붙고 나서 바다든 뭐든 애가 지겹다고 할 때까지 데려갈 거예요."

Selective School.

선별된 학교. 선택받은 학교.

OC반에서도 우수한 학생이고 학원 셀렉티브 준비반에서도 상위권이던 클로이가 셀렉티브 스쿨 시험에 떨어진 건 선택받지 못했기 때문일까? 누구로부터?

OC반 애들은 대부분 셀렉티브 스쿨로 진학했다. 클로이가 시험에 떨어졌다는 소식에 다들 안타까운 얼굴을 했지만 정작 클로이는 아무렇지 않았다. 도리어 더 이상 학원에 다니지 않아도 된다는 것이 내심 기뻤다. 그러나 티를 낼 수는 없었다. 엄마 때문이었다. 엄마는 울고, 화를 내고, 앓아눕기까지 했다.

그때 엄마가 느낀 실망과 분노, 불안은 시간이 흐르면서 차츰차츰 클로이에게 전이되었다. 클로이는 침대에 누워서 종종 셀렉티브 스쿨을 생각했다.

셀렉티브 스쿨에 갔다면 어땠을까? 셀렉티브 스쿨 애들은 정말 클로이와 다를까? 노력으로는 절대 따라잡을 수 없는 타고난 천재들일까? 그런 애들이 다 좋은 대학에 가고 나면 클로이에게 남는 자리가 없는 건 아닐까?

그리고 오늘 엄마가 노아에게 클로이가 의대에 갈 수 있겠냐고 물었을 때, 노아가 '성적'은 문제가 없다고 답하자 클로이는 셀렉티브 스쿨 시험을 다시 떠올렸다.

클로이가 그 시험에 떨어질 거라 생각한 사람은 없었다. 클로이의 성적은 늘 최상위권에 있었다. 셀렉티브 스쿨에 떨어진 후에도 클로이는 최상위 성적을 유지했다. 그러니 당연히 클로이가 의대에 가지 못할 거라고 생각하는 사람은 없었다.

그렇다면.

무언가 반복되는 느낌이었다.

절대로 반복되어서는 안 되는 무언가가.

*

"근데 이건 혹시나 해서 물어보는 건데……."

클로이 엄마는 뜸을 들였다.

"혹시 의대 그만뒀니? 아니지?"

노아는 바로 대답하지 않았다.

"다들 알지도 못하고 그런 말들을 하길래 내가 아닐 거라고 했어. 워낙 너한테 관심들이 많으니까."

"휴학했어요."

"아, 쉬고 싶었구나? 그래, 그럴 수 있지."

"그보다는 진로를 조금 고민해 보고 싶어서요."

"진로? 과는 레지던트 때 정한다고 들었는데, 아니니?"

"과는 그래요. 그런데 그보다……."

노아는 거기서 말을 끊었다.

클로이는 노아의 말을 기다리며 엄마의 말을 기억했다.

엄마는 자기가 뭘 하고 싶은지도 모르고 부모가 시키는 대로 공부만 하다가는 큰일 난다고 했다. 튜터에게 도움받는 데 익숙해져 의대 가서 못 버티는 애가 많다고. 친한 권사님 딸도 죽자고 고생해서 의대 갔다가 때려치웠다고. 그게 무슨 낭비냐고. 그러니 너는 마음을 단단히 먹고 정신 바짝 차려야 된다고. 지금 공부하는 거 다 날리고 싶지 않으면.

"대학을 바꿔볼까 싶기도 하고요."

노아의 말에 클로이는 겁이 났다. 심장이 빠르게 뛰었다. 자신이 무엇을 두려워하고 있는지 알 수 없었다.

클로이 엄마도 노아도 더 말이 없었다. 이제 노아가 클로이를 부르러 계단을 올라올 것이다. 엿듣고 있던 걸 들키지 않으려면 얼른 방으로 돌아가야 하는데 다리에 힘이 풀려서 일어설 수가 없었다. 다리가 긴 거미가 난간을 타고 1층으로 내려가고 있었다. 클로이의 엄지손톱에서 피가 흘렀다.

10월의 봄방학

해솔

10월, 3학기가 끝나고 2주간의 봄방학이 시작되었다. 명칭은 봄방학이었지만 여름 같은 날씨에 해솔은 반팔 티셔츠를 꺼내 입었다.

"평균보다 2도나 넘게 덥대."

노아는 방학 동안 과외를 쉬자고 말하면서 그렇게 덧붙였다. 더워서 수업을 못 하겠다는 듯이. 클로이는 끄덕였지만 해솔은 조금의 망설임도 없이 싫다고 했다.

"학원도 문을 닫는데 과외까지 쉬면 방학 때 뭘 해요?"

"방학 때 수업을 하자고?"

"네, 선행 나가면 되잖아요."

"글쎄, 너희는 선행도 다 끝난 것 같은데……."

클로이가 얼른 끼어들어 자신은 방학에 쉬겠다고 말했다. 클로이는 친절하고 다른 사람을 배려하는 것처럼 보였지만 중요한 문제에서는 조금도 양보하지 않았다.

"그래, 해솔아. 너도 우선 쉬고 4학기 시작하면 같이 하는 게……."

"그럼 수학 말고 다른 거 가르쳐주시면 안 돼요?"

해솔은 중간시험에서 수학 과목은 만점이었지만 영어 과목은 중위권밖에 되지 않아 충격을 받은 상태였다. 해솔이 망친 건 에세이 작문이었다. 작문 시험에 주제 없이 녹슨 체인 사진 하나만 덩그러니 주어지자 해솔은 당황했다.

체인? 체인이 무언가의 상징인가? 체인과 관련된 사건이 있었나? 해솔은 체인이 발명된 시기라든지 체인이 가장 많이 사용되는 산업 따위를 생각하고 또 생각했지만 답이 나올 리 없었다. 다른 애들이 페이지를 넘기며 에세이를 쓰는 동안 해솔은 머리가 하얘져서 다리만 달달 떨었다.

"다른 거 뭐?"

노아가 내키지 않는 듯한 얼굴로 물었다.

"영어 에세이요."

"학원에서 영어 배운다고 하지 않았어?"

"학원에서는 이것저것 다 가르치는데 저는 창의적인

글쓰기를 중점적으로 배우고 싶어서요."

호주의 수능 시험인 HSC는 영어가 필수과목이었고, 거기엔 세 개의 쓰기 문항이 있었다. 그중 하나가 창의적인 글쓰기였다. 제시된 글이나 이미지를 가지고 창작을 하는 것이다. 제시문으로 시, 소설, 희곡은 물론이고 노래 가사나 신문 기사, 영화 시나리오 등이 나왔고, 이미지 텍스트로는 회화 작품이나 사진, 만화, 일러스트, 광고, 게시판, 인터넷 페이지, 책 표지, 영화 포스터까지 나왔다. 출제 범위가 너무 넓었다. 애초에 범위가 있다고 말하기도 어려울 정도로 무엇이 나올지 도무지 예상할 수가 없었다.

"에세이 수업 두 번 한다고 도움이 될까?"

"저는 시간이 많아서 더 할 수 있어요. 매일도 괜찮아요."

"아, 내가 일주일에 하루밖에 안 돼."

"그럼 수업마다 에세이 두 개씩을 쓰고 평가받으면 되겠네요. 그러면 벌써 에세이를 네 개나 쓰는 거잖아요."

해솔은 방학 특강을 여러 번 받아보았고, 어떤 식으로 특강 수업이 이루어지는지 잘 알고 있었다.

"아니면 선생님이 이미지를 여러 개 가져와서 랜덤으로 저한테 주시면 제가 주제를 정하고 구조를 잡는 연습을 해도 좋을 것 같아요. 글을 시작할 수만 있으면 그다음은 어렵지 않은데 문제의 의도를 파악하는 게 어려워서요.”

“문제의 의도는 없어. 네가 쓰고 싶은 걸 쓰면 돼.”

종종 노아는 우주선에서 막 내려 지구의 사정을 잘 모르는 것처럼 말했다. 지금도. 시험은 출제자가 의도를 가지고 평가하는 거라는 걸 모른다는 듯이 말하는 노아가 해솔은 답답하기만 했다. 그래도 해솔은 노아에게 한 번 더 부탁했고, 승낙을 얻어냈다.

*

방학 특강 첫 시간, 노아는 지난 HSC 시험에 나왔던 그림을 포함해 구글에서 이미지를 마구잡이로 가져왔다며 태블릿을 내밀었다.

“이 폴더의 이미지를 훑어보면서 스토리를 만들어봐. 어떤 이미지로도 이야기를 만들 수 있어야 돼.”

첫 이미지는 나무 범선이 떠 있는 항구 사진이었다. 하늘이 파랗고 바닷물도 파래서 전체적으로 가볍고 푸른 느낌이 들었다. 해솔은 돛을 말아 올린 나무 범선과 그 아래 떠 있는 물그림자를 들여다보았다.

"이거로 호주 역사를 이야기하면 어떨까요? 호주에 영국인들이 처음 배를 타고 온 순간을 그리면서 그걸 원주민의 나라에 대한 침략 같은 거로 풀 수 있을 것 같아요. 아! 셰익스피어 《베니스의 상인》이랑 연관을 지으면 점수를 더 받지 않을까요? 샤일록의 탐욕을 영국 침략자들에 빗대는 거예요. 앞부분에는 호주 역사를 넣고……."

노아가 해솔의 말을 끊었다.

"창작은 말 그대로 창작이야. 네 이야기를 쓰는 게 좋아. 셰익스피어는 제시문으로 나올 수도 있고. 호주 역사도 시험 과목에 있는데 굳이 여기서까지 쓰면 도리어 자기 것이 없는 사람으로 보일 수 있으니까."

해솔은 다시 머릿속이 하얘졌다.

"저는 배를 타본 적도 없어요."

"영국인들이 호주에 도착한 순간이 아니라 네가 도착한 순간을 그릴 수 있지."

해솔은 잠시 시드니 공항에 도착했던 때를 떠올렸다. 한 손으로 캐리어 손잡이를 꼭 쥐고 입국 수속을 밟으면서 엄마의 사촌 언니가 나오지 않았으면 어떻게 해야 할지를 고민했다. 그때 내린 결론은 그대로 한국으로 돌아가는 거였다. 해솔에게는 여분의 현금이 있었고, 가장 빨리 한국으로 갈 수 있는 표를 사고 나서 공항에서 기다리면 되었다. 돌아가서는 할머니 집으로 가야지, 엄마한테 말하지 말고 방을 좀 구해 달라고 졸라봐야지, 그런 생각을 했다.

그걸 쓸 수는 없었다. 그건 이야기가 아니었다. 그날의 기억에는 어떤 의미도, 상징이나 비유도 없었다. 그저 공항에서 두리번거리며 멍청한 생각을 하는 여자애가 한 명 있을 뿐이었다.

"꼭 자기 이야기만 되는 거예요?"

해솔은 창의적인 글쓰기를 포기해야 하는 건 아닐까 두려워졌다.

중요한 건 스토리야. 유리가 했던 말이 떠올랐다. 유리가 엄마에게 받은 스토리를 해솔은 받지 못했다. 유리는 항구 사진을 보고도 환경 전문 변호사로서의 꿈에 대해 써낼 수 있을 것이다. 그게 유리가 가진 이야기였으니까.

해솔에게는 스토리가 없었다. 그때도, 지금도.

"자기 이야기가 없는 사람도 있잖아요."

"그럼 자기 이야기가 없다는 걸 쓰면 되지."

"그게 어떻게 이야기가 돼요? 없다. 이렇게만 쓸 수는 없잖아요."

"왜 없는지를 쓸 수 있을 것 같은데. 넌 네 이야기가 왜 없는 것 같아? 그것부터 시작해 봐."

"없는 데 이유가 어딨어요? 처음부터 없었어요. 전혀 없는 걸 만들어낼 수는 없잖아요."

해솔은 화가 치밀어 올랐다. 이야기가 없는 데서 이야기를 시작하라는, 말도 안 되는 요구를 하는 노아에게 화가 나고, 스토리가 중요하다느니 잘난 척하면서 지도 잘 알지 못하는 소리를 해댄 유리에게 화가 나고, 노아도 유리도 다 가진 이야기를 주지 않은 엄마에게 화가 났다.

그래, 다 엄마 때문이야. 해솔은 자신에게 이야기를 주지도 않고서 이야기가 필요한 곳으로 보내버린 엄마에게 화가 났다.

이게 다 엄마가 나를 버렸기 때문이야.

"네가 아직 이걸 이해를 잘 못한 거야."

해솔이 아무 대꾸도 하지 않자 노아는 이미지를 하나씩 넘기며 보여줬다.

"없는 걸 만들어내는 게 창작이야. 없는 이야기를 만드는 연습을 해야 돼. 이야기 하나를 잘 완성해 놓고 어느 이미지에도 그걸 끼워 맞출 수 있게 해보자."

노아의 태블릿에서는 파란 하늘을 배경으로 떠오르는 빨간 풍선, 폐허가 된 도시의 흑백사진, 숲속에 우두커니 앉아 있는 아이의 그림이 지나쳐 갔다.

"같이 연습하면 돼. 아직 시험이 2년도 넘게 남았으니까 이야기를 잘 만들어보자."

노아는 어색하게 해솔의 어깨를 두드렸다. 해솔은 여전히 화가 난 채 끝없이 넘어가는 이미지를 노려보았다.

곧 없어질 테니까 겁내지 않아도 돼

클로이

4학기 첫날, 클로이는 하굣길에 해솔과 마주치지 않으려 발걸음을 재촉했다.

전날 클로이는 교회에서 노아를 만나 과외를 따로 받고 싶다고 말했다. 자기보다 수학을 더 잘하는 해솔과 같이 수업을 받는 게 스트레스라고 말했고, 노아가 곤란해하자 울기까지 했다. 결국 노아는 알겠다고, 해솔에게 더 이상 같이 수업을 못 하겠다고 문자를 보내겠다고 했다. 오늘 그 문자를 받았을 해솔은 클로이에게 이를 갈고 있을 거였다.

갑자기 이러면 어쩌라는 거냐고 소리치겠지. 연말 시험이 얼마 남지 않았는데 어디 가서 새 튜터를 구하냐고 난리를 칠 거야. 그 성격에 나한테 책임지라고 할 게 뻔해. 근데 내가 왜? 애초에 노아 샘을 소개해 준 것도 오버였어. 처음부터 딱 잘라냈어야 했는데.

클로이는 해솔을 피해 쇼핑센터에서 저녁 시간까지 버틸 생각이었다.

"클로이!"

뒤편에서 해솔의 목소리가 들렸다. 클로이는 발걸음을 더 빨리했다.

"같이 가자. 너 오늘 학원 수업 없잖아."

해솔이 어느새 클로이의 옆에 바짝 붙어서 말을 걸었다. 목소리는 평소와 다르지 않았다.

"나 이제 수학 과외 안 한다. 수학은 학원만 다니고 에세이 튜터를 구하려고."

클로이는 해솔의 얼굴을 살폈다. 화가 난 것 같지는 않았다.

"노아 선생님이 에세이는 잘 못 가르쳐. 쓸데없는 소리나 하고. 방학 때 시간만 버렸어. 너 에세이 튜터 아는 사람 있어?"

"나 9학년까지 수업받았던 선생님이 있는데 소개해 줘?"

"우선 시범 수업 같은 거 받아볼 수 있나? 헛소리하는지 미리 보게."

"그래, 물어볼게."

예상과는 달리 해솔과 대화가 부드럽게 이어지자 클로
이는 그간의 긴장과 걱정이 풀리면서 기분이 좋아졌다. 이
럴 줄 알았으면 진작 노아한테 말할걸.

"쇼핑센터 갈 건데 같이 갈래?"

갑자기 해솔에게 무한한 호감을 느낀 클로이는 상냥하
게 물었다.

"썸머힐역에?"

"응. 그때 갔던 데."

"거기 너무 아무것도 없던데."

"아, 그래······."

지난번에 같이 쇼핑센터에 갔을 때 해솔이 얼마나 재수
없게 굴었는지 그제야 생각난 클로이는 혼자 고개를 끄덕
였다.

"그러지 말고 우리 시티 갈까?"

해솔의 말에 클로이는 잠시 고민했다. 중간시험 성적표
를 받은 이후로 공부 시간을 늘리려고 쓸데없는 외출을 안
하고 있었다.

그런데 오늘은 어차피 애를 피해서 쇼핑센터에 있으려

고 했잖아? 애랑 같이 가면 내가 공부를 못 하는 동안 애도
못 하는 거니 시간 낭비만은 아니야.

"그래, 그러자."

클로이는 밝게 대답했다.

*

날이 무척 더웠다. 10월 초부터 여러 날 30도를 넘었다.
그날은 더위가 조금 꺾였지만 여전히 봄날이라기엔 너무
더웠다. 클로이와 해솔은 땀을 흘리면서 시드니 대학교 교
정에 닿아 있는 공원을 가로질렀다.

클로이는 쇼핑몰에 가고 싶었지만 해솔이 싫다고 했고,
쇼핑몰이랑 한국 식당 말고 시티에 뭐가 있는지 몰랐던 클
로이가 그럼 시드니 대학교에 가자고 한 거였다.

어릴 때 엄마와 시드니 대학교에 갔던 기억을 떠올리며
한동안 비가 오지 않아 바닥이 드러난 호수를 따라 걸었다.
엄마는 클로이에게 여기가 네가 들어올 곳이라고 했다. 손
부채질하며 계단을 올라 캠퍼스로 들어서니 중세 고딕풍의
웅장한 건물이 나타났다. 그 건물 앞에서 엄마와 함께 사진
을 찍었던 걸 기억해 냈다.

"호그와트성 같지."

"호그와트성은 좀 더 뾰족하잖아. 딱 봐도 마술 가르치게 생겼고. 이거는 마녀들을 잡아 가두는 중세 감옥처럼 생겼는데?"

건물은 하늘에서 내려다보면 사각형의 성벽처럼 이어져 있고, 그 안에 네모난 정원이 자리했다. 모래색 돌벽에 난 철문을 들어서면 양쪽으로 늘어서 있는 수십 개의 벽돌 아치가 복도를 이루며 커다란 정원을 둘러싸고 있는 모양이었다.

정원에 들어서자마자 해솔은 "와!" 탄성을 터뜨렸다. 해솔이 감탄사를 내뱉는 걸 본 적이 없던 클로이는 신이 나서 복도의 무쇠 펌프로 펌프질을 해 보였다. 해솔은 핸드폰을 꺼내서 건물의 여기저기를 찍었다.

"저기 서봐. 내가 찍어줄게."

클로이의 말에 해솔은 조금도 망설이지 않고 거절하고는 계속 시계탑과 풍향계, 퍼렇게 녹이 슨 구리 파이프를 찍었다.

클로이와 해솔은 중세 감옥을 닮은 건물을 빠져나와 걸었다. 야외 카페 테라스와 운동장을 가로지른 테니스장 맞은편에서 의대 건물을 발견했다. 아이보리색 페인트를 칠

한 3층 건물은 생각보다 작고 낡고 허름했다. 의대 건물을 이렇게 방치해 놓다니 클로이는 기분이 나빴다.

강의는 다른 데서 하겠지. 방금 지나온 나노사이언스 대학의 거대한 신식 건물을 떠올리며 클로이는 혼잣말을 했다.

"우리 노아 샘 부를까? 샘이 시드니대에 오면 언제든지 연락하라고 했거든."

해솔은 뭘 굳이 부르냐고 투덜거렸지만 문자를 쓰는 클로이를 말리지는 않았다.

클로이와 해솔은 의대 건물 정문으로 보이는 빨간 문 앞 벤치에 앉아 노아를 기다렸다. 문은 세 사람이 동시에 통과하기 어려울 정도로 좁아 보였는데, 그 위에 1980년에 지어졌다고 쓰여 있었다. 거의 40년이 되어가는 셈이었다. 고작 40년밖에 안 된 건물이 왜 400년쯤 되어 보이는 걸까? 클로이는 노아가 그 낡은 건물에서 뛰어나와 지하에 숨겨진 거대한 수업 공간을 소개하며 의문을 풀어주기를 기대했다.

삼십 분이 지나서야 노아가 나타났다.

"나 이제 휴학을 해서 학교에 잘 없어."

노아는 다행히 학교 앞에 있었다며 어디 어디를 봤느냐

고 물었다.

"약대 건물 지하는 가봤어?"

클로이와 해솔은 고개를 가로저었다. 자신이 다니지도 않는 대학교에 구경 와서 지원하지도 않는 약대 건물의 지하를 보겠다는 생각을 누가 할까. 클로이의 생각을 읽은 것처럼 노아는 빙긋이 웃었다.

"거기를 안 가면 우리 학교에 와봤다고 말할 수 없지. 가보자."

노아는 과외 시간에 기운이 없고 음울해 보이던 것과 달리 굉장히 신나 보였다. 학교를 무척이나 사랑하는 듯했다. 클로이는 자신도 시드니 대학교에 입학해서 교정을 걸으면 저렇게 즐거워 보일 거라고 생각했다.

노아가 둘을 데려간 곳은 정확히 말하면 약대 건물 아래쪽의 지하도였다. 그 지하도는 클로이에게 할렘처럼 느껴졌다. 명문 시드니 대학교의 고풍스러운 분위기와는 전혀 어울리지 않는 곳 같았다.

"그래피티는 불법 아니에요?"

"여기서는 아냐."

계단을 따라서 이어지는 지하도는 벽은 물론이고 바닥과 천장이 모두 그래피티로 뒤덮여 있었다. 예술적인 벽화

라기보다 개발새발 낙서가 수십 겹 덮인 것에 가까웠다. 천장의 형광등에까지 뿌려진 형형색색 컬러 스프레이, 벽의 파이프에까지 더덕더덕 붙은 스티커, 의미를 알 수 없는 문자와 그림을 가리키면서 노아는 이것 보라는 말을 되풀이했다.

"진짜 멋있지."

지하도 끝에서 스프레이 칠을 하고 있는 남자가 보이자 노아가 아는 체를 했다. 남자와 노아는 다정하게 안으며 인사를 했다.

"내 친구 잭이야. 이쪽은 내 과외 학생들."

"그래피티 제자들?"

노아와 잭은 큰 소리로 웃었지만 클로이와 해솔은 웃지 않았다. 클로이는 인상을 쓰지 않으려고 엄청나게 노력해야 했다.

"샘, 그래피티는 불법이잖아요."

지하도에서 빠져나와 클로이는 아까 했던 질문을 또 했고, 노아는 같은 대답을 반복했다.

"샘이 그래피티 그리는 줄 몰랐어요."

"하이스쿨 때는 나도 너랑 비슷했어. 남의 집 담벼락에 스프레이를 뿌리고 도망치고, 밤에 역 철조망을 뛰어넘어가 기차에 그래피티를 그리고 도망치는 걸 어떻게 상상이나 했겠어. 우리 같은 모범생들이."

노아는 씩 웃었다.

"근데 여기선 괜찮아. 너도 그리고 싶으면 한번 그려봐. 재밌어."

클로이는 단호히 싫다고 했다.

"내가 그래피티를 잘 그리는 줄 몰랐어. 저기 들어가면 내 작품도 여럿 있는데 다음에 오면 보여줄게."

"다른 사람이 와서 그 위에다가 스프레이 칠을 또 하는 거 아니에요? 아까 샘 친구도 그러는 것 같던데."

"어, 그치. 여기선 아무런 규칙이 없어."

"그럼 샘 작품도 금방 없어질 거잖아요."

"그러니까 좋아. 겁내지 않아도 되잖아. 망쳐도 금방 덮일 테니까."

"근데 뭘 다음에 또 오라고 해요?"

클로이는 자신이 선생님에게 버릇없이 따져 묻고 있으며, 그래선 안 된다는 걸 알았지만 멈출 수 없었다.

"다시 와봤자 다른 사람들이 다 덮어 놔서 샘 작품은 찾을 수도 없을 텐데."

"뒤덮이면 내가 그 위에다가 또 그려놓을 거니까. 나

매일 와서 그리거든."

클로이는 잠시 할 말을 잃었다.

미쳤어, 완전히 미쳤어. 의대 휴학하고 그래피티를 매일 그리고 있다는 거야?

"샘 엄마가 아시면 되게 걱정하시지 않을까요?"

클로이는 다시 한번 주제넘게 물었다. 노아가 미간을 찌푸렸다. 노아의 기분을 상하게 한 것 같아서 클로이는 서둘러 말을 덧붙였다.

"제가 집사님한테 말하겠다는 게 아니라요. 집사님은 샘이 의대 다니는 걸 워낙 자랑스러워하시니까…… 샘이 잘 다니던 의대를 휴학하고 맨날 그래피티를 그린다고 하면…….""

"네가 무슨 말을 하려는지는 알겠는데……."

노아는 벤치에 앉으면서 클로이와 해솔에게도 앉으라고 손짓했다. 클로이와 노아가 이야기하는 동안 팔짱을 끼고 서 있던 해솔은 주변을 한 바퀴 돌고 오겠다며 자리를 떴다. 해솔이 시야에서 완전히 사라진 후에 노아는 클로이에게로 고개를 돌렸다.

"너한테 늘 묻고 싶은 게 있었거든. 너는 진짜 의대가 가고 싶은 거지?"

"왜요? 저 의대 못 갈 것 같아요?"

"아니, 그런 말이 아니라…… 의대에는 왜 가고 싶은 거야?"

안경 너머 노아의 작은 눈이 클로이를 가만히 응시했다.

"의대 말고 가고 싶은 데가 없어요. 진짜 어릴 때부터 의대만 생각하고 공부했어요."

클로이는 교복 주머니에 넣고 있던 손을 꺼내 맞잡았다. 손바닥이 땀으로 흥건했다. 노아가 왜 이런 질문을 하는지 알 수 없었다.

"의사가 되고 싶어요. 의사가 돼서 아픈 사람을 치료하고……."

"아니, 클로이. 나는 너를 시험하겠다는 게 아니라 그냥 친구로서 묻는 거야. 궁금해서. 의대 가는 게 간절해 보여서."

"샘은 안 그랬어요?"

"나도 그랬어. 그랬으니까 열심히 공부했지."

"샘은 왜 의대에 가고 싶었는데요?"

"음…… 우리 엄마가 영어를 못해서 어릴 적부터 병원에 갈 때마다 나를 데려갔어. 내가 통역을 했지. 그런데 내가 7학년 때 엄마가 자궁을 들어내는 수술을 한 거야. 나는 학교에 가야 하니까 스물네 시간 병원에 붙어 있을 수가 없잖아. 엄마는 말도 안 통하는 병원에서 큰 수술 받기 겁난다고 한국에 가서 수술받았어. 그때 공항에서 돌아오는 길에 아빠가 엄청 울었어. 나를 케어해 줘야 해서 아빠는 한국에 같이 못 갔거든. 그때 생각했어. 나는 의사가 돼야겠다고. 엄마처럼 영어 못하는 사람들 도와줘야지, 그런 생각을 했어."

"이제 그런 의사가 되면 되잖아요."

"그래, 그렇지. 근데 요즘은 나를 먼저 돕고 싶어."

"그게 무슨 말이에요?"

"클로이, 난 네가 왜 의대에 가고 싶어 하는지 듣고 싶어. 그냥 그게 듣고 싶어. 그게 다야."

노아는 벤치에 앉은 채로 다리를 길게 뻗고 양팔을 위로 들어 올려 기지개를 켰다. 클로이는 땀을 흘리며 노아에게 하고 싶은 말을 삼켰다. 의대에 가고 싶은 이유가 왜 중요하냐고 소리치고 싶었고, 이유가 있다고 의대에 가는 거냐고 따지고 싶었다. 어릴 때부터 의대 가라는 말만 듣고 자랐는데, 왜 가야 하는지는 아무도 말해준 적이 없는데, 도대체 왜 이제 와서 이유를 묻느냐고. 의대에 가기만 하면 되는 거라고 믿어왔는데, 왜 그게 전부가 아닌 것처럼 말하느냐고. 머릿속에서 폭발하는 그 모든 말을 지켜보는 동시에 노아의 질문에 대한 대답을 쥐어짰지만 아무것도 나오지 않았다.

여름의 시작

해솔

　11월, 사람들은 모이기만 하면 산불 이야기를 했다. 광역 시드니 전역에 화재 경보가 내려지고, 자연발화되어 바람을 타고 옮겨 가는 산불에 대한 뉴스가 계속되고 있었다. 평소에 뉴스를 잘 보지 않던 클로이 부모는 이제 집에 있을 때면 내내 텔레비전을 켜놓았다. 끝없이 불타는 숲, 집을 잃어버리고 대피소에 모인 사람들, 방독면을 낀 어린 소녀, 한 무더기의 재로 남은 코알라가 화면에 비쳤다.

　집에서 좀처럼 말이 없는 클로이 아빠는 뉴스를 보면서 이런저런 말을 늘어놓았다. 이민 생활 10년 만에 처음 겪는 산불이라고 했다. 50대 호주인 고객은 태어나 처음 겪는 산불이라고 했다고.

해솔은 멀리서, 그러니까 눈에 보이지 않는 곳에서 벌어지는 화재에 관심을 가진 적이 없었다. 이번에도 듣는 둥 마는 둥 산불 소식을 들었다. 그러나 시간이 흐르면서 더 이상 무시하기 어려워졌다. 아침에 창문을 열면 매캐한 연기가 들이닥쳐 급히 닫아야 했고, 뿌연 연기가 뒤덮은 길을 걷다가 목에 재가 걸려 기침을 하는 일이 잦아졌다.

붉은색으로 물든 시드니 남부 지역의 하늘이 뉴스 헤드라인을 장식하다가 며칠 후에는 오렌지색으로 물든 서부 지역의 하늘이 나왔다. 심각한 표정의 앵커가 근처 학교의 휴교 소식을 전했다.

"아무리 산불이 났대도 휴교를 하면 어쩌냐."

클로이 아빠가 묵시록을 다시 읽어야 한다고 말하는 걸 무시하면서 클로이 엄마는 말했다.

"이제 곧 시험인데."

그런 걱정을 한 건 클로이 엄마만이 아니었는지 화재가 어느 정도 잡히고 나자 학교는 다시 문을 열었다. 주말을 빼면 휴교는 이틀뿐이었다. 헬리콥터가 다가갈 수 없을 정도로 뜨거운 불길을 내뿜으며 번지는 산불도 연말 시험을 멈추게 할 수는 없었다.

　연말 시험이 2주 앞으로 다가왔고, 산불은 점점 더 번져 가기만 했다. 1층 거실 텔레비전에서 되풀이되는 뉴스를 듣지 않으려고 해솔은 방문을 닫았다. 그러나 문 아래에는 해솔의 손바닥이 너끈히 들어가는 틈이 있었고, 산불 뉴스는 그 틈을 통해 해솔의 방에도 가득 들어찼다.

　해솔은 문 아래 틈을 옷으로 메꾸고 엄마에게 전화를 걸었다. 특별히 할 말이 있는 건 아니었다. 그저 엄마 딸이 여기에 있다는 걸 알리는 신호에 가까웠다. 한 달에 한 번씩 돈 보내는 날을 잊지 않도록, 앞으로도 3년은 더 돈을 보내야 한다는 사실을 잊지 않도록.

　"호주는 지금 몇 시야?"

　엄마는 늘 그렇게 물었다. 통화할 때마다 시차를 아무리 설명해도 소용없었다.

　"8시야. 한국이랑 두 시간 차이."

　"한 시간 차이라고 안 그랬어?"

　"썸머타임 시작해서 두 시간이야. 저번에 말했잖아."

　"그럼 호주는 지금 여름이야? 한국은 엄청 추운데."

　시차 다음은 계절이었다. 다른 시간과 정반대의 계절을

통해 해솔이 멀리 떨어져 있는 것을 확인하겠다는 듯이.

"어, 완전 한여름이야. 그리고…….."

해솔은 엄마가 전화를 끊을까 봐 얼른 말을 보냈다.

"오늘 시험 일정 나왔어. 2주 뒤부터야. 지난번에 중간 시험에서 수학 전교 1등 한 거 내가 말했지? 이번에도 수학은 어렵지 않을 것 같아. 다른 과목도 괜찮아."

"어, 그래. 다행이네."

해솔은 엄마의 목소리에 담긴 감정을 읽어내려 애썼다. 엄마는 해솔이 타국에서 혼자서도 잘 해내 대견하고 기쁠까? 아니면 엄마 없이 잘 지내는 것 같아 내심 실망했을까?

호주에 와서 한동안 해솔은 엄마가 자신에게 무엇을 바랄지 고민했다. 해솔이 대학도 못 가고 엄마가 보내주는 돈이나 까먹으며 다른 유학생들처럼 한인 타운에서 소주를 마시고 워킹홀리데이 온 오빠들이랑 어울려 다니면 호주 유학 보낸 걸 후회할까? 아니면 쟤는 그럴 줄 알았다고, 가까이서 그 꼴 보지 않고 일찌감치 멀리 보내길 잘했다고 생각할까?

엄마를 실망시키고 싶었다. 엄마가 후회하게 만들고 싶었다. 호주에 보내는 게 아니었다고 말하기를 바랐다. 어떻게든 한국에 두는 건데 생각하면서 잘못을 뉘우치기를 바랐다.

그러나 시간이 지날수록 엄마는 해솔이 시험을 잘 보든 못 보든, 용돈을 일찍 다 써서 돈을 더 요구하든 용돈이 남았다고 이번 달은 안 보내줘도 된다고 하든 그 어느 편에도 실망하지 않는다는 것이 명확해졌다. 엄마는 해솔이 무슨 말을 해도 기뻐하거나 아쉬워하지 않았다. 놀라거나 걱정하지도 않았다.

엄마는 해솔에게 바라는 것이 없어 보였다. 해솔이 호주에만 있으면, 한국에 돌아가서 엄마의 행복한 재혼 생활에 걸림돌이 되지만 않으면 그것으로 된 것 같았다.

"엄마, 여기 지금 산불로 난리야."

"어, 봤어. 한국에서도 뉴스 나오더라. 너 있는 데는 괜찮지?"

"응, 연기 때문에 뿌옇긴 한데……."

"그래, 뭐 다른 문제는 없고?"

"시험 끝나고 12월 19일부터 1월 27일까지 방학이거든. 여기 남아 있는 유학생 거의 없어. 다 한국 가."

해솔은 빠르게 말을 이었다.

"나도 한국 가서 할머니 집에 있으려고. 할머니한테 물어봤는데 할머니도 그러라고 했어. 할머니가 마중 나온다니까 공항에서 바로 할머니 집으로 가서 3주 정도만 있다가……."

"해솔아, 여기는 겨울이야. 정말 추워."

엄마는 해솔이 한국의 계절을 모른다는 듯이 말했다.

"와서 괜히 고생하지 말고 거기 있어. 거기 여름이라며. 한국 사람들은 겨울이면 호주 못 가서 난리인데 거기 있는 게 낫지."

해솔은 지금 호주에 오려는 사람이 어디 있느냐고 말하려다가 말았다. 산불 때문에 시드니가 있는 뉴사우스웨일스주 전역에 비상사태가 선포되고 화재 위험 경보 최고 단계인 6단계 '대재앙'이 내려진 참이었다. 6단계 경보는 처음이었고, 전시 상황에 비교하는 사람들도 있었다.

엄마는 딸이 걱정도 안 돼? 해솔은 엄마에게 그런 말을 해본 적이 없었다. 투정도 부려본 적이 없고, 어리광을 피운 적은 더더욱 없었다. 이번에도 해솔은 차분하게 알겠다고 대답하고 전화를 끊었다. 엄마의 전화번호를 차단했다가 다시 풀었다. 창밖에는 여전히 연기가 가득했다.

다른 세상

클로이

연말 시험을 열흘 남겨둔 날 오후, 클로이는 엘리를 기다리고 있었다. 썸머힐역 중국인 거리 쪽의 공원, 그 공원에서 가장 깊숙한 곳에 위치한 터널 옆 공터. 엘리가 사람들이 자주 찾지 않아서 술을 마시기 좋다고 했던 그곳이었다.

그날 오전 남부 지역에서 큰불이 났고, 시드니까지 날아든 연기와 재로 눈이 따가웠다. 연신 눈물을 훔치며 클로이는 계속해서 핸드폰을 확인했다.

클로이는 벌써 이십 분째 거기 우두커니 서 있었다. 엘리의 말대로 아무도 오지 않았지만 혹시라도 누군가의 눈에 띌까 봐 야구 모자를 더 깊이 눌러썼다. 평소 자주 입던 초록색 반팔 티를 입고 나온 것이 걸렸다. 클로이를 아는 사람이라면 옷차림만 보고도 알아볼지 모른다.

썸머힐 한인 교회에서는 말이 빨리 돌았다. 썸머힐 곳곳에 교인들이 포진해 있었고, 그들의 눈에 띄는 날에는 그 주 내내 가십의 주인공이 되어야 했다. 누가 봐도 으슥한 장소가 아니라 다른 곳에서 엘리를 만났어야 했다는 생각이 그제야 들었다.

엘리를 탓할 수는 없었다. 엘리는 집으로 가져다주겠다고 했다. 인적이 드문 곳이 좋겠다고 한 건 클로이였다. 그때는 집에서 약을 건네받기가 겁이 났는데 이제 와 생각해보니 집이 가장 안전한 곳이었다.

인적이 드문, 그래서 마약을 주고받기 딱 좋고, 그래서 마약을 주고받는 사람 외에는 오지 않는 곳이라니. 도대체 무슨 생각을 했던 거지?

조인트를 피우는 엘리를 보고 질겁하던 해솔에게 호주에서는 마약이 별거 아니라고 말했지만, 사실 클로이는 마약은커녕 조인트도 해본 적이 없었다. 술이야 대학에 진학하면 마실 수도 있겠다고 어렴풋이 생각했다. 그러나 마약은 어떤 형태로도 할 일이 없을 거라고 여겼다. 올해 초에 12학년이 각성제를 먹고 공부하다 환각 증상으로 추락사한 사건을 들었을 때도 자기와 상관이 없는 일 같았다. 그런데 지금 클로이는 엘리가 각성제를 들고 나타나기만을 초조하게 기다리고 있다.

어쩌다. 클로이는 답을 알고 있었다. 이 모든 게 해솔 때문이었다.

시험 성적표에는 등수가 표시되지 않았다. 그 대신 그래프로 된 전교생 점수 분포표에서 자기 성적이 어디에 위치하는지 점으로 찍혀 있었다.

클로이의 점은 언제나 가장 오른쪽에 있었다. 명문 사립 학교라지만 셀렉티브 스쿨보다는 전체 성적이 떨어졌고, 클로이처럼 의대를 목표로 공부하는 애는 얼마 되지 않았다. 그 애들 사이에서도 클로이의 성적은 항상 압도적이었다.

10학년 중간시험 성적표에도 클로이의 점은 그래프 가장 오른쪽에 있었다. 의대 입시에서 제일 중요한 수학 과목만 빼고.

수학 과목 점수 분포표에서 자신의 점이 맨 오른쪽에서 미세하게 왼쪽으로 치우쳤음을 발견한 클로이는 단박에 그 자리가 누구에게 갔는지 알아챘다. 해솔이 틀림없었다.

클로이는 노아와의 과외 시간에 해솔이 자신보다 수학을 더 잘한다는 것을 알게 되었다. 해솔은 하이스쿨 수학을 유치원생이 덧셈 뺄셈 하듯이 쉽게 풀었다. 노아는 해솔이 난이도 최고 수학 문제를 거침없이 풀어낼 때마다 해솔을 수학 천재라고 치켜세웠다. 그래도 클로이는 해솔이 전교 1등을 할 거라고는 생각하지 않았다. 유학생이니까. 그것도 이제 막 입학해서 처음 치르는 시험이니까.

클로이는 하이스쿨 첫 시험에서 얼마나 긴장했는지, 그 래서 시험을 어떻게 망쳤는지 또렷이 기억하고 있었다. 해 솔도 그러리라고 생각했다. 그러나 해솔은 그러지 않은 모 양이었다.

성적표를 받은 그날부터 당장 클로이는 공부 시간을 늘 렸다. 연말 시험은 성적 반영률이 더 높았고, 무조건 1등을 해야 했다. 방과 후에 쇼핑센터를 거닐지 않고 곧장 집으로 돌아와 공부하는 것도, 책상에 오래 앉아 있는 것도, 밥을 빨리 먹고 다시 2층 방으로 올라가는 것도 문제가 되지 않 았다. 다만 잠을 줄이기가 어려웠다.

클로이는 방문 너머 해솔이 아직 잠들지 않았다는 것을 상기하며 어떻게든 버티려 했지만 결국 책상에 엎드려 잠이 들 때가 많았다. 커피를 서너 잔씩 마시고, 레드불이며 몬스 터, 브이까지 에너지 음료를 다 마셔봤지만 소용없었다.

연말 시험 2주 전, 시험 일정이 공식적으로 발표된 날에도 클로이는 책상에서 잠이 들었다. 언제 옮겨 갔는지 아침에 침대에서 눈을 뜨고는 생각했다.

남은 선택지가 없어. 생각해 보면 클로이에게는 늘 선택지가 많지 않았다.

*

약속 시간에서 삼십 분이 넘어 엘리가 나타났을 때 클로이는 눈물이 날 것처럼 반가웠다.

"안 오는 줄 알았어. 고마워. 진짜 고마워."

엘리는 대답 없이 주위를 두리번거렸다. 클로이는 엘리가 오는 길에 아는 사람이라도 만난 건 아닌지 덜컥 겁이 났다.

"왜 그래? 오는 길에 누구 봤어?"

"씨발, 그치? 누가 따라왔지?"

"정말이야? 여기까지? 누가?"

"아무래도 미행당하는 것 같아. 아, 미치겠네."

"미행?"

"근데 이게 오늘이 처음이 아니야. 나 미행당한 지 오래됐어."

엘리의 눈이 빨갰다. 클로이는 그제야 엘리가 약에 취해 횡설수설한다는 것을 알 수 있었다.

"약했어?"

"오늘은 아니고 어제. 파티가 있어서 못 갔거든. 그러니까 이 약이 얼마나 좋은지 알겠지?"

"난 파티 약을 찾는 게 아닌데……."

"알아, 내가 파는 약이 좋은 약이라는 뜻이야. 잠 못 자는 데는 이거만 한 게 없거든."

"미안한데 나 얼른 가봐야 돼서. 근데 누가 정말 따라온 건 아니지?"

"아 몰라, 씨발, 나도 빨리 떠야지."

엘리는 한쪽 어깨에 걸치고 있던 가방 앞주머니를 열고 지갑을 꺼냈다. 그리고 지갑에서 뭔가를 끄집어내려는데 안에서 걸렸는지 나오지 않는 모양이었다. 클로이는 엘리에게서 지갑을 빼앗아 거꾸로 흔들고 싶은 충동을 억눌렀다.

"거기 있는 거야? 내가 꺼낼까?"

"아냐, 내가 할게."

엘리는 지갑 카드 꽂이에 손가락을 넣고 한참을 낑낑대다가 엄지손가락만 한 지퍼백을 꺼냈다. 그 안에는 하얗고 납작한 알약이 여러 개 들어 있었다.

"이 약은 원래……."

"알아, ADHD 치료에 쓰이는 거잖아."

얼른 약을 받아 돌아가고 싶었던 클로이는 엘리의 말을 끊고 약을 향해 손을 내밀었다.

"그래? 그건 몰랐는데."

"아, 나도 그냥 어디서 들은 거야. 약 줄래?"

"또 필요하면 연락해. 넌 앞집 사니까 싸게 줄게."

클로이는 알약이 든 지퍼백을 받고 돈을 건넸다. 엘리는 돈을 세고 또 세었다. 네 번이나 세고 나서야 지갑에 밀어 넣었다.

"씨발, 네가 맞게 줬겠지."

"고마워, 엘리. 나 먼저 가볼게. 미안한데 진짜 비밀로 해줘."

"잠깐만."

엘리는 다시 지갑을 열고서 이번에는 수월하게 또 다른 지퍼백을 꺼냈다. 그 안에는 새끼손톱의 절반도 안 될 크기의 하얀 크리스털 결정체처럼 보이는 것이 있었다.

"자, 이건 첫 거래를 기념하는 선물."

"뭔데?"

"MDMA. 좋은 거야."

"아, 괜찮아. 그냥 각성제면 돼. 밤에 공부하려고 하는 거야."

"알아, 이건 시험 끝나고 해. 너 되게 타이트하잖아. 이 거 하면 다른 세상이 열린다."

엘리는 희미하게 웃었다.

"네가 무슨 생각 하는지 알아. 미쳐서 다른 세상을 본 다는 게 아니라…… 내 말 잘 들어, 이게 뇌의 어떤 영역을 살짝 열어준다는 거야. 다른 세계에 뛰어들고 이런 게 아니 고 다른 세계의 커튼을 살짝 열고, 존나 살짝 열고 들여다 보는 거지. 그 세계는 이 세계랑 완전히 달라서 지금 우리 가 쓰는 언어로는 설명이 안 돼. 그러니까 해봐야 알아. 안 해보면, 끝까지 모르는 거고."

엘리가 클로이의 손을 잡더니 손바닥 위에 지퍼백을 올 려놓았다. 엘리의 손은 차갑고 축축했다.

"내 말 알겠어? 그 세계를 통해 우리는 완전히 다른 방 식으로 연결되는 거야. 그때 느낄 수 있지. 씨발, 이제까지 내가 분리되어 살았구나."

엘리에게 붙잡힌 손이 아팠다. 클로이는 손을 잡아빼고 싶었지만 엘리가 눈을 똑바로 보면서 이야기를 계속하니 그럴 수 없었다. 빨갛게 충혈된 엘리의 눈이 섬뜩했다.

"나, 담배는 권하지 않아. 담배는 몸에 존나 나쁘니까. 이건 진짜 좋은 거라 주는 거야. 알겠지? 우린 친구잖아. 앞집 살고, 엄마 아빠도 친하고."

클로이는 엘리가 완전히 미쳐버린 게 분명하다고 생각하면서 고개를 끄덕였다. 알겠다고 말했고, 믿는다고 말했다. 해보겠다고도 말했고, 고맙다고도 말했다.

"야, 근데 너 약 처음 하는 거지?"

클로이는 대화를 끝내기 위해 해봤다고 말하려 했지만 엘리가 대답을 기다리지 않고 말을 이었다.

"잘 들어, 클로이. 처음 할 때는 옆에 사람을 두고 해. 토할 수도 있고, 심장이 존나 빨리 뛰어서 무서울 수도 있고 그러니까. 네가 믿을 수 있는 사람, 네가 씨발, 너 자신으로 있을 수 있는, 그런 편한 사람을 옆에 두고 해야 돼. 너, 내 말 듣고 있는 거지?"

엘리는 빨간 눈을 가늘게 뜨고 얼굴을 일그러뜨렸다. 엘리가 갑자기 울음이라도 터뜨릴까 봐, 그래서 영영 떠나지 못하고 붙잡힐까 봐 클로이는 겁이 났다.

"어, 그래. 친구한테 부탁해야겠다. 고마워."

클로이에게 그런 친구는 없었다. 마약을 하고 토하는 모습을 보여줄 수 있는, MDMA를 먹으니 심장이 너무 빨리 뭔다고 토로할 수 있는 사람 따위는 어디에도 없었다.

클로이는 겨우 엘리의 손에서 자기 손을 빼내고 공터를 빠져나왔다. 반바지 주머니 속 지퍼백 두 개를 꽉 움켜쥔 손에 땀이 흥건했다. 뒤를 돌아보니 엘리가 연기 속에 서 있었다. 그사이 연기가 더 짙어져 엘리의 얼굴이 잘 보이지 않았다. 클로이는 재가 들어가서 따가운 눈을 비비며 걸음을 재촉했다.

한 번도 가지 않은 곳, 절대 하지 않을 일

해솔

연말 시험이 끝나고 처음 맞는 주말, 해솔은 가방을 멘 채로 침대에 우두커니 앉아 있었다.

그날 아침에 혼자 트레인을 타고 멀리 가보겠다고 마음 먹었을 때는 신이 났다. 클로이 엄마 몰래 냉장고에서 음료수를 꺼내 가방에 넣었고, 트레인에서 읽을 책도 고심해서 골랐다. 그런데 가방을 다 싸고 나니 갑자기 피곤해졌다. 창밖은 여전히 뿌옜다. 현관문을 열고 나가자마자 눈이 쓰라리고 기침이 날 게 틀림없었다.

아, 귀찮아. 해솔이 가방을 내려놓으려던 참에 누군가 방문을 두드렸다.

연말 시험 기간 중 수학 과목 시험을 본 날부터 며칠간

밤에 흐느끼는 소리가 들렸다. 처음은 아니었다. 중간시험이 끝나고도 클로이는 한동안 밤이면 소리 죽여 울었다. 중간시험 성적표를 받은 이후에는 얼마간 해솔의 인사를 무시하기까지 했다. 평소에 클로이가 자신과 아무 상관이 없는 사람한테까지, 심지어 그 사람이 무례할지라도 강박적으로 친절하게 구는 걸 생각했을 때 그건 매우 특이한 일이었다. 그런 클로이를 해솔이 내버려 두었던 건 클로이가 왜 그러는지 알아서였다. 그리고 클로이는 아마도 지금 그 이유를 털어놓으려는 것 같았다.

"시간 있어?"

클로이가 문 안으로 고개를 빼꼼히 내밀고 말했다.

"들어와."

"어디 나가려고?"

"이따가. 무슨 일인데?"

클로이의 손에는 수학 시험지가 들려 있었다. 그럼 그렇지.

"이거 마지막 문제를 잘 모르겠어서. 너는 풀었지?"

클로이가 그 문제 풀이를 모를 리 없었다. 노아나 학원 강사가 아닌 해솔에게 물어보는 것 자체가 문제 풀이를 알고 싶어서 질문하는 게 아니라는 뜻이었다.

그럼 왜? 클로이는 해솔이 그 문제를 맞혔는지 틀렸는지를 알고 싶은 거다.

그걸 왜? 이번 수학 시험은 어렵지 않았고, 클로이는 분명 다 맞았을 것이다. 그 문제만 빼고. 그러니 해솔이 그 문제를 맞았는지 틀렸는지가 둘의 수학 시험 석차를 정하겠지.

"응, 풀었어. 풀이가 알고 싶은 거야?"

해솔은 모르는 척 답했다.

"아, 풀었구나. 진짜 어렵던데 대단하다. 시험 볼 때 푼 거지?"

쟤는 어쩜 저렇게 속이 훤히 다 보일까. 해솔은 클로이를 보면서 이따금 자신보다 서너 살은 어린 것 같다는 생각을 했다.

"응, 시험 때 풀었지."

해솔의 대답에 클로이는 금방이라도 울 것 같은 표정을 지었다.

클로이는 왜 이렇게 석차에 목을 맬까. 해솔이 1년 가까이 호주 하이스쿨을 다니면서 알게 된 건 여기는 한국처럼 성적에 목을 매는 애가 많지 않다는 거였다. 말 그대로 성적을 비관해 자살한다든지 하는 일은 어디에서도 들을 수 없었다.

공부를 잘하는 애들은 공부를 하고, 그렇지 않은 애들은 다른 길을 찾았다. 10학년까지가 필수, 대학을 가지 않는 애들은 10학년을 마치고 학교를 그만뒀다. 대학을 간다고 해도 랭킹이 높은 대학보다 집에서 가까운 대학을 선택하는 경우가 많다고 했다. 12학년 때 열심히 공부하는 건 같지만 분위기가 조금 달랐다. 조금이라도 더 좋은 대학에 가는 것이 인생을 바꾼다고 말하는 사람은 없었다.

왜 그럴까? 해솔은 그 차이에 대해 한참 고민했다.

어떻게 다를까? 어떻게 다를 수 있을까?

해솔이 나름의 답을 찾은 건 같은 반 애 인스타그램을 통해서였다. 그 애는 인스타그램에 집에서 수영하는 사진을 종종 올렸다. 아빠가 썸머힐 하이스쿨 경비라는 걸 아는 해솔은 그 사진을 볼 때마다 의아했다.

학교 경비 아저씨가 수영장 딸린 집에 산다고? 얹혀사나? 아니면 부자인데 취미로 경비 일을 하나? 생각해 보면 클로이의 부모 역시 청소 일을 하는데 부촌의 2층 단독주택에 살면서 딸을 사립학교에 보내고 있었다.

공부를 잘하든 못하든, 대학에 가든 안 가든, 육체노동이나 다른 무슨 일을 하든 수영장 딸린 집에 살면서 자식을 사립학교에 보낼 수 있다면. "너 공부 안 하면 저렇게 된다" 라고 애들을 겁줄 만한 예시가 충분하지 않다면.

그렇다면 대학에 못 갔다고 아파트 옥상에서 뛰어내릴 이유가 없는 게 당연하지 않을까?

그런데 클로이는 왜.

클로이는 더 이상 할 말이 없어 보이는데도 방에서 나가지 않았다. 너도 참 불쌍하다. 클로이가 수학 시험지를 가만히 들여다보고 서 있는 걸 보면서 해솔은 그 애가 묻지 않은 말을 했다.

"근데 나는 객관식 3번을 틀렸어. 계산 실수를 했어."

평소 해솔이 절대 하지 않는 실수였다. 시험이 끝나고 친구들과 답을 맞춰보면서 실수를 알아차렸을 때 해솔은 몹시 수치스러웠다. 지금 클로이가 듣고 싶어 하는 건 그렇게 수치스러운 실수일 것이다.

"쉬운 문제를 틀렸네."

클로이의 얼굴이 잠시 밝아졌다가 다시 어두워졌다. 해솔이 틀린 문제의 배점과 자신이 틀린 문제의 배점을 비교해 봤을 터다. 사실 비교해 볼 필요도 없었다. 결과는 명확했다. 해솔의 시험 점수가 더 높을 것이고, 클로이는 전교 1등을 놓칠 것이다. 다시 한번.

"나 지금 나가야 되는데."

해솔은 불편한 대화를 끝마치려고 가방을 올려 멨다.

"아, 그래. 미안해. 어디 가?"

클로이가 예의상 한 질문이었을 테니 해솔도 대충 대답하면 됐는데 잠시 망설였다. 그제야 어디로 갈지 정하지 않았다는 데 생각이 미쳤다.

"갈 만한 데 알아?"

"갈 만한 데?"

"그냥 바람 쐬러."

"시티?"

"시티 말고. 안 가본 데 가고 싶어서."

"나도 많이는 못 가봤는데…… 잠시만."

클로이는 시험 석차 때문에 잠시 잊고 있던 친절 강박이 다시 작동한 모양으로 핸드폰을 꺼내 이것저것 찾아보기 시작했다.

"인터넷에 있는 데 말고. 사람 많은 데는 별로야. 네가 우연히 가봤는데 좋았던 곳 없어? 아니, 꼭 안 좋았어도 상관없고. 그냥 아무 데나."

"아, 그럼 내가 가봤던 데는 아닌데 가고 싶었던 곳이 있거든. 잠깐만."

"그럼 너도 갈래?"

충동적이었다. 시간이 지나 생각해 보니 충동적인 게 아니었지만 그때 해솔은 그렇게 믿었다. 클로이는 핸드폰에서 고개를 들어 물끄러미 해솔을 바라보았다. 어떻게 거절할지 고민하는 것처럼 보였다.

"꼭 같이 가자는 건 아니고."

"아냐, 딱히 할 일 없어. 같이 가자."

클로이는 잠깐만 기다려 달라고 하더니 곧장 방으로 돌아가 빠르게 옷을 갈아입고 나왔다. 여전히 시무룩한 얼굴이었지만 눈이 반짝거렸다.

*

썸머힐역까지 걸어가면서 클로이는 총 다섯 명에게 인사했다.

"안녕하세요!"

밝은 얼굴에 명랑한 목소리로 외치면서 예의 바르게 몸을 숙였다. 조금 전까지 울 것 같은 얼굴을 하던 사람으로는 보이지 않았다.

어른들은 클로이 부모의 안부를 물은 후에 학교에서 요

즘도 공부를 잘하느냐, 나중에 대학 가면 우리 애 과외 좀 해달라 쓸데없는 말들을 했다.

"잘 지내세요."

"아니에요, 그냥 열심히 하는 게 다예요."

"저야 과외 시켜주시면 감사하죠."

클로이는 이미 수백 번 연습해 온 것처럼 대답했다. 의미 없는 대화가 길어지면 해솔은 더 이상 기다리지 않고 역을 향해 걸었다. 그럼 뒤에서 죄송하다는 목소리가 낭랑하게 울려 퍼졌다.

"저희가 늦어서요. 부모님께 인사 전해드릴게요. 다음에 봬요. 죄송합니다! 안녕히 가세요!"

클로이는 몸을 깊이 숙여 사과하고 정말 어딘가에 늦은 것처럼 뛰어서 금세 해솔의 옆에 붙었다.

"옆에서 듣는 내가 다 지겹다. 다 똑같은 것만 묻네."

해솔의 말에 클로이는 주변을 살피면서 속삭였다.

"말조심해. 썸머힐은 교회 사람이 어디든 있다고 봐야 한다고."

"난 교회 안 다니는데 뭘 조심해."

"우리 엄마가 다니잖아. 우리 엄마가 듣고 너네 엄마한테 전화할 수도 있고."

"됐어, 난 신경 안 써."

"아냐, 잘 들어. 이 동네에선 아무것도 못 해. 학원이라도 빠지고 돌아다니면 다 걸리게 돼 있어. 주말에 친구랑 노는 날에는 집사님들 서너 명은 무조건 만나. 치마가 짧거나 화장을 했거나 하면 바로 엄마한테 연락이 간다니까. 연애하는 애들은 백 퍼센트 걸려. 엄마가 맨날 그래. 조심하라고. 사람들이 욕한대. 그러니까 너도 조심해."

*

썸머힐 트레인 역을 지나는 노선은 하나뿐이었다. 클로이는 시티 반대 방향으로 가는 트레인에 올랐고, 해솔도 따라 탔다.

트레인은 전에 해솔이 탔던 것과 달랐다. 오래된 가죽 의자가 여기저기 헤져 있었고, 의자의 방향을 바꿀 수가 없어 클로이와 해솔은 트레인의 방향과 반대로 앉아서 가야 했다.

바깥 풍경이 해솔의 뒤에서 앞으로 쏟아졌다. 썸머힐에서 얼마 지나지 않았는데도 창밖은 순식간에 건물이 적어지고 나무가 늘어갔다. 연기는 더 짙어졌다. 트레인 창틀에 검은 잿가루가 끼는 것이 눈에 보였다.

"우리 산불 지역으로 가는 것 같은데."

"어차피 산불 지역은 가고 싶어도 못 가. 통제돼서."

"그래서 어디를 가는 건데, 지금?"

"어디 가고 싶은데?"

"네가 가고 싶은 데 가는 거 아냐?"

"내가 가고 싶은 데?"

"아까 네가 안 가봤는데 가고 싶은 곳이 있다고 그랬잖아."

"아, 그랬지. 그랬네. 맞아. 근데 괜찮아. 너 가고 싶은 데 가자."

"그게 무슨 소리야? 그럼 우리 지금 어디 가는 거야? 네가 이 트레인 탔잖아."

"네가 시티는 가기 싫다고 했잖아. 그래서 반대 방향으로 탄 건데……."

클로이는 억울하다는 표정을 지었다. 해솔은 더 따지려다가 그만두었다.

"그럼 여기서 골라봐."

해솔은 핸드폰으로 둘이 타고 있는 트레인 노선도를 찾아 클로이에게 보여주었다. 클로이는 진지하게 살폈다.

"글쎄, 여기랑 여기는 가봤는데 그냥 그랬고, 여기도 가봤던 거 같은데 잘 기억이 안 나네."

"듣도 보도 못한 이름을 골라봐."

"이거."

썸머힐에서 꽤 떨어진, 거의 종점에 가까운 역이었다. 어떻게 발음하는지도 알 수 없는 이름이었지만 어디든 멀리 가고 싶었던 해솔에게는 반가운 선택이었다.

"그럼 여기 가는 거다?"

클로이는 웃으면서 고개를 끄덕였다.

"재밌겠다."

해솔은 대꾸하지 않고 고개를 돌렸다. 창밖에는 그래피티가 어지럽게 그려진 공장 건물이 스쳐 가고 있었다. 공장의 기다란 굴뚝에서는 아무런 연기가 나오지 않는데 하늘에는 연기가 가득했다.

*

출구가 하나뿐인 작은 역사였다. 역 앞에 기다란 2층 건물이 있었다. 텅 빈 미용실과 오래된 상점, 색색의 복권 광고가 너저분하게 붙은 신문 가게가 나란히 있었다.

클로이와 해솔은 상가 중앙의 복도를 걸어 건물 뒤로 빠져나왔다. 거기에 작은 호수가 있고, 그 뒤로 야트막한 언덕이 보였다. 둘은 별말 없이 언덕을 올랐다. 낮은 언덕이었는데도 날이 뜨거워 정상에 도착했을 때는 둘 다 땀이 났다. 언덕 위에서는 매캐한 바람이 거세게 불었고, 땀을 식히려 잠시 서 있는 동안 해솔은 끊임없이 기침을 했다.

언덕 위에서는 묘지가 보였다. 둘은 이번에도 별말 없이 언덕을 걸어 내려갔다.

"메리 스코트. 1865년 3월 11일부터 1948년 5월 6일까지."

"오래 살았네."

"억울하진 않겠다."

"오래 살아서 억울했을 수도 있지."

"남편도 같이 묻혔어. 데이비드 스코프. 1860년에 태어나서 1927년에 죽었어."

"남편이 훨씬 먼저 죽었네."

"훨씬까지는 아니지 않아?"

"21년이면 훨씬이지. 우리 나이보다도 많은데."

"1907년 9월 23일부터 1945년 2월 3일까지. 마틴 라이언."

"얼마 못 살았네."

"2차 세계대전 때 죽은 거야."

"전사했구나."

"그건 모르지."

"나이가 젊잖아. 30대인데. 아무래도 전쟁터에서 죽은 것 같아. 파병을 나갔다가 죽었겠지."

"슬프다."

"안 슬픈 죽음이 어딨어."

"그래도 이거 봐. 요셉과 헬렌의 사랑받는 아들이고, 수잔의 사랑받는 남편이고, 레오의 사랑받는 아버지."

"뭐 이렇게 많아?"

"가족이 많아야 되겠네. 묘비가 심심하지 않으려면."

"묘비는 심심한 게 낫지 않아?"

"1959년 7월 9일."

"태어난 날이야, 죽은 날이야?"

"같은 날이야."

"아."

"그래서 묘석이 작잖아."

"그렇네."

"인형도 있고."

"꽃도 많고."

"엄마 아빠가 아직 살아 있나 봐. 생화야."

"엄마 아빠가 아닐 수도 있지."

"그럼 누가 꽃을 갖다 놔? 아기가 친구가 있었을 리도 없고."

"형제자매가 있었을 수 있잖아."

"형제자매가 하루 살다 간 동생한테 60년 동안 꽃을 갖다 놓는다고?"

"그러면 안 돼?"

"이상하지 않아?"

"너나 나나 외동인 게 다행이야."

"그게 왜 또 다행이야?"

꽃병에 진분홍색 꽃이 한 아름 꽂힌 마거릿의 무덤 옆에는 큰 나무가 있었다. 해솔은 나무에 기대앉았다.

"다리 아파."

클로이도 해솔 옆에 앉았다. 해솔은 기침을 하며 가방

에서 소주병을 꺼냈다.

"뭐야?"

"너네 집 냉장고에서 훔쳐 왔어. 하도 많아서 하나 없어져도 모를걸?"

"너 술 안 마신다며."

"한번 마셔보려고."

"왜?"

"야, 무슨 이유가 있어서 마시냐? 시험도 끝났고, 그냥한 번쯤 마실 수도 있는 거지."

"엘리가 술 마실 때 난리 쳤으면서."

"그건 다르지. 걔는 마약을 했잖아."

"마약만 가지고 그런 것처럼 말하네. 술 가지고도 그랬잖아. 너는 술 안 마신다고 정색하고. 내가 그때 중간에서 얼마나 민망했는지 알아?"

해솔은 더 이상 대답하지 않고 소주병 뚜껑을 돌렸다. 차가웠던 소주병은 날씨가 더워서인지 미지근해져 있었다. 해솔은 병째로 한 모금 마셨다. 맛이 없을 거라 예상은 했지만 생각보다 더 나빴다. 바로 뱉어버리지 않으려고 해솔은 힘껏 삼켰다.

"먹어봐."

클로이는 잠시 망설이다가 병을 받아 들었다. 클로이도 한 모금 꿀꺽 삼켰다.

"엑."

클로이가 혀를 내밀고 인상을 찌푸렸다.

마거릿의 묘비가 나뭇가지에 닿을 정도로 치솟아 올랐다가 가라앉기를 되풀이했다. 반쯤 누운 클로이는 얼굴부터 목까지 온통 시뻘겠다. 클로이가 빨간 얼굴로 몸을 이리저리 흔들다가 토하자 해솔은 웃음을 터뜨렸다.

"너 걸리면 죽었다."

클로이가 토사물에서 몸을 돌려 네발로 기어서 마거릿의 묘석 위에 누웠다. 해솔도 클로이를 따라가 그 옆 윌리엄의 묘석 위에 누웠다. 어둑해지는 하늘이 빙글빙글 돌았다.

"이거 너 해. 좋은 거래."

해솔이 고개를 돌리니 옆 무덤에 누운 클로이가 손을 내밀었다. 손바닥에 작은 지퍼백이 놓여 있었다.

"이게 뭔데?"

"MDMA라던데?"

해솔은 클로이의 손에서 지퍼백을 가져와 눈 위에서 흔들었다. 지퍼백 안에 하얀색 소금 결정 같은 것이 들어 있었다.

"이거 마약이야?"

"그런 거 같아."

"너 약해?"

"약을 한다고 하니까 좀 그렇네. 그런데 아니라고 하기도 좀 그렇고. 이건 안 해봤어. 너 해봐."

"너도 안 해본 걸 왜 나한테 하라 그래?"

"좋은 거래. 이걸 하면 다른 세상이 열리고 사람들하고 연결되고 막 그렇대."

"완전 미쳤네."

둘은 같이 킬킬댔다. 연기가 가득 찬 뿌연 하늘은 여전히 빙빙 돌았고, 그 중심엔 하얀 MDMA가 있었다. 등에 닿은 석판이 서늘한데 몸은 여전히 뜨겁게만 느껴졌다.

"같이 하자. 반반씩."

거짓말 게임

해솔과 클로이

"심장이 좀 뛰네."

"나도 좀 그래."

"이러다 죽는 거 아냐?"

"반밖에 안 했는데 죽으면 호주에 남아 있는 애들이 없을 거야."

"그래도 뭔가 몸에 열도 오르고 이상해. 좀 무서운데."

"나도 그래. 몸에 열난다."

"근처에서 어디 또 불난 거 아냐?"

"불나면 더 뜨겁겠지."

"뜨거울 만큼 불이 가까워지면 그땐 도망도 못 칠 텐데."

"그럼 어쩔 수 없고."

"너 갑자기 되게⋯⋯ 근데 나 지금 말 어눌하게 해? 나만 모르는 거야?"

"그게 무슨 소리야."

"약을 하면 그렇잖아. 눈 풀리고 말도 어눌해지고."

"그건 헤로인 같은 거고."

"이건 뭔데."

"MDMA라니까."

"MDMA."

"이거 하면 원래 정신이 더 또렷해지고 에너지가 넘치고 말도 빨라지고 그러는 거랬어."

"나 지금 말 빨리 해? 내가 듣기엔 똑같은데."

"야, 우리 반 개밖에 안 했거든."

"그럼 기분이 왜 이러지? 술 마셔서 그런가?"

"어떤데?"

"기분이⋯⋯ 편안해. 긴장되질 않아. 호주 와서 처음인 것 같은데, 이렇게 편한 건. 이게 약 때문이 아니라고?"

"약이 잘 듣는 타입일 수도 있지. 처음이라 그럴 수도 있고. 나도 지금 좀 신나. 그리고⋯⋯."

"말해, 뭔데. 나 지금 다 들어줄 준비가 되어 있어."

"아주아주 만족스럽고, 그리고…… 행복해."

"와, 그런 말을 듣고도 소름 돋지 않는 게 진짜 이 약의 힘인 것 같다."

"너는 안 행복해?"

"나는 행복하다기보다…… 세상의 모든 걸 받아들일 수 있을 것 같아. 그러니까 네가 행복하다는 것도 충분히."

"진짜 행복한 게 뭔지 알아?"

"뭔데?"

"아까는 진짜 죽고 싶었거든."

"그게 행복하다고?"

"아니, 너랑 나랑 이렇게 묘지에 누워 있는 게 행복해. 꼭 진짜 죽은 것 같잖아."

"약 먹고 진짜 죽었는지도 모르지. 그것도 나쁘지 않고."

"이게 말이야, 약을 해보니까 알겠어."

"뭘?"

"그냥 말로 설명이 잘 안 되네."

"그게 뭐야."

"약에서 깨면 설명할 수도 있을 것 같아."

"그때는 더 못 하겠지."

"아니, 왜?"

"깨고 나면 기억을 못 할 테니까."

"설마. 그러면 마약중독자가 있을 리 없잖아. 기억이 선명하니까 다시 하는 거지. 그게 그리워서."

"잘 기억이 안 나도 다시 하는 사람 많아. 알코올중독자들 보면 그렇잖아."

"하긴, 우린 술도 마셨으니까 기억 못 할 수도 있겠다."

"한국에서는 술 마시면 진실 게임 하는데."

"뭐야, 너 한국에서 술 안 마셨다며."

"수학여행 가서 애들이 하는 거 봤어. 나도 술 안 마시고 껴서 했고."

"진실 게임은 진실을 맞히는 거야? 여기도 거짓말 게임 있어. 뭐가 거짓말인지 맞히는 거."

"아니, 진실만 말해야 되는 거야. 진실을 말하지 못하겠으면 술을 마셔야 되고."

"진실을 말하는지 어떻게 알아? 거짓말하면서 진실이라고 하면 되잖아."

"그건 그렇지."

"그럼 우리 거짓말 게임 해보자."

"똑같은 거 아냐? 맞혔는데 아니라고 하면 끝인 거

잖아."

"어차피 거짓말 게임인데 뭐."

"그럼 계속 그냥 거짓말을 하는 거야?"

"아, 몰라. 그냥 해봐."

"어떻게 하는 건데?"

"원래는 여러 명 중에서 거짓말하는 사람을 골라내는 거야. 아니다, 진실을 말하는 사람을 골라내는 건가? 아무튼 우리는 둘이니까 그냥 하나씩 번갈아 가면서 말하자. 그러면 상대방이 거짓말인지 진실인지 맞히는 거야."

"알겠어, 너부터 말해봐."

"나는 숨겨둔 남자 친구가 있다."

"거짓."

"야! 뭘 좀 물어보고 해야지. 답을 말하기 전에 좀 추측도 하고 고민도 하고."

"그래서 거짓 아니야?"

"거짓은 맞아."

"거봐."

"게임 존나 못하네."

"존나 잘하는 거지."

"근데 나 금방 욕한 거 되게 한국 사람 같았지."

"존나가 무슨 욕이야."

"그럼 욕이 뭔데, 썅, 씨발, 좆같네, 이런 거?"

"존나 어색하게 욕하네. 책으로 공부했냐?"

"아, 씨이발, 씨이이이이발, 야, 이 썅, 씨이이이이발!"

둘은 같이 웃음을 터뜨렸다. 석판 위에서 이리저리 구르면서 한참 웃었다.

"아무튼 1대 0."

"그럼 내가 문제 낸다. 이런 건 좀 자극적으로 해야 되는 거야. 나는 마스터베이션을 해본 적이 있다."

"뭐야, 너무 쉽잖아. 진실."

"야, 거짓말이거든? 내가 그렇게 발랑 까진 줄 알아?"

"발랑 까진 거랑 마스터베이션이랑 무슨 상관이야? 나는 해봤는데? 좋아하는데?"

"헐, 미쳤네."

"어쩐지 네가 되게 싸가지 없게 굴어도 어딘가 어린애 같더니만. 마스터베이션을 안 해봐서 그랬네."

"여기 애들은 다 해?"

"글쎄. 통계를 본 적은 없지만 다 하지 않을까? 그 좋은 걸 왜 안 해?"

"누가 가르쳐줬어?"

"야, 그런 걸 누가 가르쳐줘. 혼자 찾는 거지."

"개척자네, 개척자."

"잘 들어, 우리한테는 개척 정신이 필요하다. 약도 해보니까 이렇게 좋잖아. 근데 누가 이런 걸 가르쳐주냐?"

"원래 좋은 건 안 가르쳐주지."

"그래, 그거야. 자기네만 하고 싶으니까. 학교 빼먹지 말라 그러고, 술도 마시지 말라 그러고, 약은 절대 하지 말라 그러고, 그게 다 좋은 거 나눠 하기 싫어서 그래."

"이제 네 차례야. 재밌는 거로 해봐. 남친 뭐 이런 거 말고."

"난 그런 거 좋아."

"그럼 그런 거로 계속하든가. 2대 0이야."

"아냐, 어려운 거로 할 거야. 절대 못 맞힐 거로. 나는 어렸을 때 양털 깎는 사람이 되고 싶었다."

"거짓."

"땡, 진실."

"거짓말."

"아닌데? 말해줄게. 나 어렸을 때 펀 선데이라고 일요일에는 페리나 트레인이 공짜였어. 아니다, 공짜는 아니었나? 아무튼 엄청 싸서 막 돌아다녔어. 바다는 진짜 지겹게 가고, 놀이공원도 가고, 동물원도 가고."

"동물원에서 양털 깎는 사람을 봤다고?"

"응."

"그러고서 양털 깎는 사람이 되고 싶었다는 거야?"

"야, 좀 들어봐. 간이 무대에서 멜빵바지를 입은 아저씨가 기다란 부츠를 신고 양털을 깎았어. 그 아저씨는 하루에 200마리를 깎을 수 있다는 거야. 한 마리에 1달러 50센트를 받는다고 했는데, 그럼 얼마야. 하루에 300달러잖아. 정말 대단한 직업이라고 생각했어. 양털 깎는 기계 소리가 아직도 기억나. 아저씨가 신은 부츠가 반짝거리던 것도 기억나고. 그런 부츠를 신고 무대 위에 올라가서 양털을 깎고 300달러를 받는다니. 엄마한테 나도 양털을 깎는 사람이 되겠다고 했어. 근데 엄마가 안 된다는 거야."

"뻔하지 뭐."

"엄마는 양털 깎는 사람이 거짓말쟁이라고 그랬어. 하루에 양 200마리를 깎을 수 있는 날은 1년에 며칠뿐이라고. 생각해 봐. 털을 깎고 나면 죄다 민둥민둥한 양만 있을 텐데 어떻게 털을 매일 깎겠어?"

"그 사람이 매일 깎는다고 했어?"

"아니."

"그럼 거짓말한 건 아니네."

"맞아, 나도 그때 그렇게 생각했어."

"말했어? 엄마한테?"

"아니."

"그럼?"

"그냥 알겠다고만 했지. 거짓말쟁이는 되고 싶지 않다고."

"거짓말이었지?"

"씨발, 당연히 거짓말이지."

둘은 웃느라 한동안 말을 못 했다.

"지금도 양털 깎는 사람이 되고 싶어?"

"아니."

"재미없네. 의사가 되고 싶은 거지?"

"응. 어떻게 알았어? 약을 하면 연결된다더니 진짜네. 너 내 생각을 다 읽고 있는 거지."

"뭘 개소리야. 너 의사 되고 싶은 거 모르는 사람이 어딨냐?"

"뭐, 그럴 수도 있지. 근데 와, 나는 약을 하고도 의사가 되고 싶네. 충격인데? 이건 씨발, 진짜다 그치?"

"너의 그 어색한 씨발이 충격이다."

둘은 동시에 웃음을 터뜨렸다. 그러고도 한참을 더 웃고, 또 웃었다. 분명히 둘은 연결되어 있었다.

멍청하게

엘리

12월 10일 포멀 파티는 엘리에게 졸업 파티나 마찬가지였다. 이미 선생님에게 10학년까지만 마치고 학교를 그만두겠다고 말한 상태였고, 오늘 파티에서 친구들에게도 말할 생각이었다. 그럼 브리아나는 비명을 지르며 엘리를 끌어안을 테고, 다른 친구들은 엘리를 위해 샴페인을 터뜨릴 것이다.

엘리는 반짝이는 주인공이 되어 하이스쿨의 마지막을 장식하기 위해 평소보다 몇 배는 공을 들여 머리에 컬을 주고 눈두덩이에 글리터를 꼼꼼하게 발랐다. 끝이 뾰족하고 기다란 인조 손톱을 붙이고 진녹색 새틴 드레스를 입었다. 몸의 라인을 따라 부드럽게 흘러내리는 드레스는 큐빅이

촘촘하게 박힌 어깨끈이 달려 있었고, 가슴이 깊게 파여서 엘리의 가슴골을 보기 좋게 드러냈다.

드레스에 잘 어울리는 은색 글리터 힐까지 신고 나서 엘리는 핸드폰을 꺼냈다. 세 시간에 걸쳐 준비를 마친 모습을 찍어 인스타그램에 올리자 실시간으로 하트와 댓글이 쏟아졌다. 엘리는 인조 손톱이 떨어질까 조심하느라 천천히 타이핑하면서도 대댓글을 빠짐없이 달았다.

고저스한 내 사랑

브리아나의 댓글에는 무수한 키스와 하트로 대댓글을 달았다. 브리아나가 오 분 전에 미용실에서 머리와 화장이 끝났다고 올린 게시물에 '세상에서 제일 섹시한 내 사랑'이라고 댓글을 다는 것도 잊지 않았다.

브리아나가 집에 도착할 시간에 맞춰 가기 위해 엘리는 핸드폰을 클러치백에 넣고 마지막으로 전신 거울을 한 번 더 보았다. 오늘 파티의 주인공이 거기 있었다. 엘리는 거울 속의 반짝이는 자신에게 키스를 날리고 애프터파티에서 갈아입을 옷을 넣은 배낭을 들었다. 배낭에는 크림 충전기와 풍선, MDMA, 코카인, 핑아즈가 들어 있었다. 애프터파티에 초대된 50명이 넉넉히 할 수 있을 만큼. 포멀 파티장에서 쓸 약을 따로 클러치에 챙긴 것까지 확인하고 엘리는 집을 나섰다.

문을 여니 뜨겁고 건조한 바람이 몰아쳤다. 한낮 온도가 전날보다 10도나 오를 거라는 일기예보가 있었다. 그러니까 엘리는 40도에 가까운 열기로 발을 내디딘 거였다. 엄마 아빠는 일기예보를 보면서 산불을 걱정했지만 엘리는 그런 데 신경 쓰지 않았다. 다만 포멀 파티에 흙먼지와 잿가루가 가득한 바람이 몰아치는 건 몹시 신경 쓰였다.

눈에 뭐가 들어갔는지 눈물이 났다. 엘리는 몸을 돌리고 서둘러 클러치백에서 손거울과 휴지를 꺼내 눈물을 조심스레 닦아냈다. 눈 아래를 꼼꼼히 채운 글리터가 벌써 번져 있었다.

등으로 몰아치는 뜨거운 바람을 느끼며 엘리는 브리아나의 집에서 화장을 고쳐야겠다고 마음먹고 손거울과 휴지를 백에 도로 넣었다. 얼굴을 손으로 가리고 다시 몸을 돌렸을 때 뒷마당에 서 있는 주인집 아저씨를 발견했다. 호스를 들고 뒷마당의 텃밭에 선 모습이 물을 주고 있었던 것 같았다. 엘리는 엄마 아빠가 가르쳐준 대로 고개를 까닥여 인사를 했다.

"이게 물을 주는 게 아니라……."

아저씨는 비굴한 얼굴로 엘리의 표정을 살폈다. 그제야 엘리는 아저씨가 무슨 말을 하는지 알 수 있었다. 오늘부터 시작된 급수 제한을 말하는 거였다. 그러니까 아저씨가 하는 일은 불법이고, 엘리는 그 목격자가 된 셈이었다.

마지막으로 비가 온 게 언제인지도 기억나지 않을 만큼 가뭄이 오래 이어지고 있었다. 댐 수위가 위험 수치에 가까워졌고, 급수 제한령이 내려졌다. 오전 10시부터 오후 4시까지는 정원에 물을 주어서는 안 되고, 그 외 시간에도 호스가 아닌 버킷으로만 가능했다. 세차 역시 버킷으로만 해야 한다고 했다.

벌금이 얼마였더라. 엘리는 어제 엄마 아빠가 보던 뉴스를 다시 떠올리면서 아저씨를 향해 빙긋이 웃어 보이고 매캐한 바람에 맞서 걷기 시작했다.

*

"헬로, 나의 팬들."

브리아나는 언제나처럼 유튜브에 올릴 브이로그 영상을 찍고 있었다.

오늘 아침에 염색한 머리는 백금발로 반짝거렸고, 어제 스프레이 태닝을 받은 피부는 구릿빛으로 반짝거렸다. 등이 깊이 파인 빨간색 셔링 드레스가 몸에 착 붙었다. 숍에서 사이즈를 맞춰 재단한 드레스를 입는 영상에서, 브리아나는 숨을 들이마시고 힘겹게 지퍼를 올리면서 이제부터 포멀 파티까지 요거트와 샐러드만 먹겠다고 했다. 이번 주 내내 점심시간에 샐러드만 먹는 모습을 엘리에게 영상으로 찍게 하더니 마침내 드레스가 꼭 맞았다.

"엘리한테도 인사해!"

브리아나의 카메라가 자기를 향하자 엘리는 포즈를 잡고 손을 흔들었다. 브리아나의 유튜브 댓글에는 엘리의 팬이라고 말하는 사람들도 있었다. 영상에 엘리가 안 나오면 엘리는 어디 있느냐고 묻는 댓글이 달리기도 했다. 엘리는 카메라를 향해 손 키스를 날렸다.

"엘리, 그 고저스한 드레스 브랜드는?"

여전히 카메라가 비추고 있는데 엘리는 순간 당황해서 머뭇거리고 말았다. 이내 브랜드 이름을 말했지만 당황한 얼굴이 고스란히 잡혔을 걸 생각하니 카메라가 브리아나에게로 돌아간 후에도 진정이 되지 않았다.

브리아나는 13만 2000명의 구독자가 있었다. 그 브랜드에서 일하는 사람이 있으면 어쩌지? 영상을 보고 엘리의 드레스가 지난주에 도난당한 드레스라는 걸 알아차리면? CCTV를 확인해 엘리가 드레스를 후드티 안으로 밀어 넣는 장면을 찾아내면? 브리아나의 영상에 도둑년이라는 댓글이 달리고 브리아나가 엘리를 추궁해 오면 어쩌지?

브리아나는 이제 목걸이와 귀걸이, 팔찌를 소개하고 있었다. 진짜 다이아몬드라서 조심해야 한다며 엘리에게 카메라를 대신 들어달라고 했다.

엘리는 팔찌부터 줌인해 나갔다. 화면이 목걸이를 거쳐 귀걸이로 올라가고, 마침내 얼굴을 비추었다.

"섹시 퀸 브리아나, 팬들한테 웃어주세요."

엘리의 말에 브리아나는 카메라를 향해 활짝 웃었다. 아랫니의 교정 장치가 살짝 보였다. 브리아나는 이 장면을 잘라낼 것이다. 엘리는 브리아나에게 카메라를 건네며 환하게 웃었다.

엘리와 친구들 여섯 명은 브리아나의 부모님이 빌린 하얀색 리무진 앞에서 사진을 찍었다.

친구 부모님들이 일제히 핸드폰을 꺼내 들었다. 한 명씩 돌아가면서 이쪽도 한번 보라고 소리칠 때마다 엘리와 친구들은 고개를 돌리고 포즈를 다시 취했다.

엘리는 그 친구들 집에 놀러 간 적이 있다. 올드 머니라고 불리는, 대대로 잘살아온 집들. 뒷마당에 수영장과 테니스장이 있고 차고에 클래식카와 스피드보트, 카누가 있는 집들. 방학이면 북쪽 해변의 별장으로 휴가를 가고, 학기가 시작하면 엘리에게 최상급 코카인을 주문하는 애들.

사랑스러운 눈길로 딸을 바라보는 부모들에게 엘리는 가방에 있는 약을 꺼내서 보여주고 싶은 충동에 사로잡혔다.

그렇게 용돈을 막 퍼 주시니 얼마나 감사한지 몰라요. 애네한테 비싼 마약을 많이 팔아서 구두도 사고 클러치백도 사고 이렇게 어울려 다니는 거예요. 이런 건 훔치기도 어렵거든요.

엘리는 수많은 핸드폰을 향해 활짝 웃어 보였다.

*

엘리의 부모는, 당연히, 거기 없었다.

엘리는 흔히 말하는, 열쇠를 목에 걸고 다니는 아이였다. 실제로 열쇠를 목걸이로 하고 다니지는 않았지만 가방 앞주머니에 항상 열쇠가 있었고, 아무도 없는 집에 들어가 밤늦게까지 혼자 텔레비전을 보거나 게임을 했다. 저녁에는 냉동실에 있는 피자나 스파게티를 꺼내 전자레인지에 돌려 먹었고, 다음 날 가져갈 도시락을 직접 쌌다. 도시락이라고 해봐야 식빵에 슬라이스 치즈를 끼워 넣은 게 다였다.

매일 혼자 있었다. 그런데도 엄마와 아빠는 모든 게 엘리 때문이라고 했다. 엘리 때문에 집에 들어올 시간도 없이 힘들게 일을 하는 거라고.

엘리를 위해.

엘리가 혼자 밥을 먹고, 혼자 잠을 자고, 혼자 학교에 다니도록 하기 위해.

학교에서만이라도 혼자가 아니면 좋았겠지만 초등학교 때 엘리는 친구가 많지 않았다. 엘리는 생일 파티를 열어본 적은 물론이고 친구 생일 파티에 간 적도 없었다. 그때는 어디든 엄마가 같이 가야 했고, 엘리 엄마는 영어를 못해서 다른 엄마들과 어울리기 어렵다는 이유로 엘리를 생일 파티에 보내지 않았다. 친구 집에서 하는 파자마 파티에도 갈 수 없었고, 주말에 엄마들끼리 만든 플레이그룹 같은 것도 해본 적이 없었다.

하이스쿨에 진학한 후에는 적극적으로 친구를 사귀었

다. 잘나가는 애들한테 붙었고, 그 애들이 하는 건 모두 따라 했다. 술과 담배, 마약을 일찍 시작했다. 돈이 필요했다. 셀러 선배를 찾아가 방법을 물었고, 8학년 때 위즈부터 팔기 시작해 9학년 때는 모든 약을 팔았다.

셀러 선배가 퇴학을 당한 후에는 엘리의 고객이 더 늘었다. 엘리는 학교에서 제일 잘나가는 그룹에 속할 수 있었다. 엘리를 빼면 모두 백인으로 어디를 가도 시선을 끌 만큼 예쁘고 잘 꾸미는 애들이었다. 그중에도 브리아나는 학교에서 모르는 사람이 없었다. 여왕벌이라고 불렸고, 브리아나도 그 별명을 싫어하지 않았다. 남자 친구가 자주 바뀌었는데 하나같이 잘생기고 운동을 잘하는, 모두가 선망하는 타입이었다.

엘리 역시 브리아나 남자 친구의 친구와 사귀었다. 생김새가 멀쩡하고 성격도 좋았는데 섹스를 할 때 일방적이라 너무 아팠다. 경험이 많지 않던 엘리로서는 어떻게 말해야 할지 알 수 없어서 그냥 헤어져 버렸다. 엘리가 헤어지자 브리아나도 남자 친구와 헤어졌다. 엘리가 요구한 것은 아니지만 브리아나는 그렇게 했다. 남자 친구보다 엘리가 더 중요하다고 했다. 엘리에게도 브리아나가 중요했다. 브리아나에게 엘리가 중요한 것보다 훨씬 더. 비교할 수도 없을 만큼.

그런데 학교를 떠나서도 중요할까? 학교가 더 견딜 수 없이 지긋지긋해져 그만두기로 마음먹었을 때 엘리는 곧장 브리아나를 떠올렸다. 브리아나의 기분에 따라 하루가 좌우되는 삶이 아닌 다른 삶이 가능할까? 엘리가 좋아해 마지않는 브리아나가 없으면, 그러면 지금처럼 불안하지도 괴롭지도 않을까?

리무진에 오르기 전 브리아나 엄마가 딸을 붙잡았다.

"절대 술 마시면 안 돼. 술에 마약을 타는 경우도 있대. 너희 학교는 그런 일 없겠지만 그래도 조심해야 돼."

브리아나 엄마는 걱정으로 일그러진 얼굴을 하고 당부했다.

리무진에 오르는 모습까지 영상으로 찍고 나서 차가 출발하자 엘리는 참았던 웃음을 터뜨렸다.

"술에 마약을 타는 경우도 있대."

엘리가 브리아나 엄마의 말을 따라 하자 모두 웃었다.

"존나 웃기네, 씨발. 술에 마약을 타는 게 너인 줄도 모르고."

엘리는 브리아나가 그런 농담을 좋아한다는 걸 알았다.

브리아나가 곧 웃음을 터뜨릴 거라고 생각했다. 술에 마약을 타는 흉내를 내면서 씨발, 엄마는 아무것도 모른다며 큰소리로 웃을 거라고. 그러나 브리아나는 웃지 않았다. 그 대신 엘리를 노려보며 인상을 썼다.

브리아나가 손가락을 입술에 갖다 대면서 다른 손으로 차의 앞쪽, 막혀 있는 벽을 가리켰다. 그 벽 너머에는 리무진 기사가 앉아 있었다. 브리아나 아빠가 구해 왔다는 운전기사가. 엘리를 포함한 모두가 웃음을 멈추었다.

"멍청하게."

브리아나는 혼잣말을 하듯이 나직하게, 그러나 모두에게 명확히 들리도록 내뱉고는 창밖으로 고개를 돌렸다.

*

포멀 파티장인 미드썸머 홀은 바닷가를 향해 전면 창이 나 있는 곳이었다. 홀에 들어가기 전 바다를 배경으로 친구들과 사진을 찍는 동안 브리아나는 엘리와 눈을 마주치지도, 엘리의 옆에 서지도 않았다.

여전히 뜨거운 바람이 거셌고, 폭이 넓은 엘리의 드레스 자락이 바람에 들려 올라갔다. 엘리는 치맛자락을 붙잡고 브리아나를 따라다녔다. 브리아나는 엘리가 다가올 때마다 피하다가 눈에 연기가 들어갔다며 일찍 파티장으로 들어가 버렸다.

평소에도 브리아나는 친구들한테 짜증을 내는 일이 잦았다. 엘리에게도 다르지 않았다. 다만 엘리에게는 화를 푸는 데 시간이 오래 걸리지 않았고, 이내 다시 엘리를 찾았다. 브리아나가 엘리를 좋아하는 건 워낙 유난스러워서 모두 알았다. 그리고 지금 브리아나가 엘리를 무시하고 있다는 것 역시 모두 알아챌 만큼 분명했다.

엘리의 잘못이다. 브리아나 아빠가 구해 온 운전기사 앞에서 함부로 마약 이야기를 떠들다니.

브리아나는 아빠를 무서워했다. 엘리 때문에 브리아나가 꾸중을 듣거나 외출 금지라도 당하는 날에는 수습하기 쉽지 않을 것이다. 아니, 애초에 브리아나 엄마를 우스꽝스럽게 흉내 내는 게 아니었다. 브리아나 가족을 우습게 만들어서 웃길 생각을 하다니. 브리아나는 그때부터 불쾌했을 것이다.

그때 브리아나가 어떤 표정을 지었지? 엘리는 초조하게 리무진에서의 대화를 되짚었지만 떠오르는 것이 많지 않았다. 브리아나는 한마디만 했을 뿐이었다.

멍청하게.

엘리는 똑같은 말을 되뇌었다.

"멍청하게. 씨발, 멍청하게."

지난 학기에 브리아나는 남자 친구와 헤어졌고, 며칠간 그 남자애가 얼마나 형편없었는지 떠들어댔다. 지난 학기까지 브리아나의 베프이던 알리사가 맞장구를 쳤다.

"걔 소문 안 좋았던 거 알지."

알리사가 전한 소문은 그 남자애가 브리아나를 사귀기 전에 양다리를 걸쳤고, 그 여자애 둘이 친했던 사이라 그룹이 깨졌다는 이야기였다.

"걔 저번에 나한테 따로 연락한 거 알아? 우리도 그룹 깨질 뻔한 거야."

"내가 그런 쓰레기랑 만났던 거야?"

브리아나는 알리사를 끌어안고 그 새끼랑 헤어지고 너랑 계속 친구라서 다행이라고 말했다. 그리고 일주일이 채 지나지 않아 브리아나는 그 남자애와 다시 만났다.

"가짜 루머를 퍼뜨리고 다니는 건 최악이야, 안 그래?"

브리아나는 딱 한마디 했을 뿐이었다. 그러나 그 후로 페이스북에 썸머힐 하이스쿨 가십걸을 저격하는 글이 하루에도 몇 개씩 올라왔다. 그게 누구를 가리키는지 모두 알았고, 알리사는 학기가 끝나기도 전에 학교에서 사라졌다.

엘리의 머릿속에서 수많은 인터넷 화면과 게시물이 떠다녔다. 페이스북에서, 인스타그램에서, 유튜브에서, 틱톡에서 엘리의 이름이 되풀이되었다.

멍청하게 나불거리는 년.

존나 멍청한 년.

*

하얀 식탁보가 덮인 원탁에 앉아 식사를 마치고 디저트로 페블로바가 나온 후에 시상이 있었다.

바닷가로 난 창문 맞은편의 작은 무대 위에 스탠딩 마이크가 두 개 서 있었다. 학생회장과 부회장이 마이크를 하나씩 잡고 서서 투표를 통해 선정했다며 '제일 유명해질 것 같은 사람' '오스카상을 탈 것 같은 사람' '로또에 당첨된 후에 표를 잃어버릴 것 같은 사람' 등 수상자를 하나하나 발표했다.

지난주 엘리도 투표에 참여했다. 모든 질문에 브리아나

의 이름을 썼고, 브리아나는 엘리의 이름을 썼다. 둘은 서로의 이름을 쓰는 내내 키득댔다. 그때 웃으며 엘리가 제일 유명해질 거라고 말하던 브리아나는 지금 엘리 쪽을 쳐다보지도 않았다.

"다음은 세계를 지배할 것 같은 사람입니다. 압도적인 표를 받았죠. 클로이 초이!"

클로이가 외마디 비명을 지르며 벌떡 일어났다. 통통한 몸을 가리려고 선택했을 검은색 러플 드레스는 클로이를 더 부풀어 보이게 했다. 치맛자락을 들어 올리고 무대로 올라가는 클로이는 힐이 익숙하지 않은지 펭귄처럼 뒤뚱거렸다. 클로이와 같은 테이블에 앉아 있던 해솔과 한국 애들이 손뼉을 쳤고, 다른 테이블에서도 박수가 나왔다.

"세계를 지배하게 되면 나를 기억해 줘야 돼."

학생회장이 클로이에게 상장을 건네며 눈을 찡긋하자 여기저기서 웃음이 터져 나왔다.

펭귄 같은 클로이를 비웃는 것이 아니었다. 엘리는 자신을 포함한 전교생 모두가 클로이의 미래를 보고 있다고 느꼈다. 지금은 저렇게 뒤뚱거려도 언젠가는 의사가 되어, 변호사가 되어, 외교관이 되어, 벤처 기업 총수가 되어, 정치인이 되어 세계를 지배할지도 모른다. 모두 그런 미래에

박수를 보내는 거였다.

엘리는 인스타 인플루언서가 될 것 같은 사람으로 호명되었다.

"가장 박빙이었어요. 썸머힐의 인스타 인플루언서에게 박수를 부탁합니다!"

엘리와 같은 테이블에 앉아 있던 브리아나와 친구들은 아무도 박수를 치지 않았다. 학생회장의 말에 따라 기계적으로 손뼉을 치던 아이들도 냉랭한 분위기를 느꼈는지 이내 그만두었다. 조용한 파티장을 가로질러 엘리는 무대로 향했다.

*

학생회장과 부회장이 내려가고 디제이가 무대에 올랐다. 비트가 빠른 음악이 홀을 가득 채웠다. 환한 조명이 꺼지고 색색의 레이저 불빛이 어지럽게 움직이는 동안 애들이 하나둘 중앙의 스테이지에 나가서 춤을 추기 시작했다.

브리아나를 선두로 친구들이 우르르 몰려 나가 스테이지의 중앙을 차지했고, 엘리는 테이블에 앉아서 애들이 서로를 끌어안고 춤을 추는 것을 보았다. 디제이가 노래의 분위기를 바꾸자 엘리는 홀을 나와 화장실로 들어갔다. 원래 계획대로라면 브리아나와 친구들이 모두 엘리를 따라 화장실에서 약을 했어야 할 시간이었다.

친구들은 술도 약도 없이 춤을 추려니 어색하고 짜증이 날 것이다. 엘리의 클러치백에 가득한 약을 떠올리면서도 브리아나 눈치를 보느라 엘리를 찾지 못할 것이다. 이렇든 저렇든 대단한 문제는 아니었다. 애프터파티에서 쓸 약이 담긴 배낭은 브리아나의 집에 두고 왔으니까. 친구들은 한두 시간만 더 버티면 된다는 걸 알 것이다.

엘리는 변기 뚜껑을 닫고 그 위에 앉았다. 애들이 들어와서 시끄럽게 떠들며 담배를 피우고 화장을 고치고 나가기를 반복하는 동안 엘리는 클러치백에서 크림 충전기와 풍선을 꺼냈다. 크림 충전기로 풍선을 분 다음에 깊이 들이마셨다. 머리에서 팡팡 불꽃이 터졌다. 엘리는 천천히 화장실 칸막이에 기댔다. 온몸에 힘이 풀리고 아무런 생각이 들지 않았다.

편안하고 가볍다.

이십 초.

엘리는 다시 풍선을 들이마셨다.

다시 이십 초.

엘리는 점점 더 가벼워졌다. 힘을 더 빼면 둥실 떠오를 수 있을 것만 같았다.

또다시 이십 초.

그렇게 떠올라서 화장실을 빠져나가 홀의 스테이지로 가서 흐느적흐느적 춤을 추었다. 브리아나도 친구들도 엘리를 신경 쓰지 않았다. 엘리도 마찬가지였다. 이십 초 후에는 다시 화장실로 돌아왔다. 엘리는 크림 충전기로 풍선을 계속해서 부풀리고, 계속해서 가스를 들이마셨다. 그리고 이십 초씩 홀에 나가서 레이저 불빛과 함께 이리저리 움직이다가 들어오기를 되풀이했다.

*

화장실 문밖에서 클로이와 해솔이 한국어로 떠드는 목소리가 들렸을 때 엘리는 지금 환청을 듣나 자문했다.

지금 가스를 들이마셨나? 언제 가스를 들이마셨지? 십 초 전에? 십 분 전에? 한 시간 전에?

엘리는 문을 살짝 열었다. 세면대 앞에 선 클로이와 해솔의 뒷모습이 보였다. 둘 다 검은색 드레스를 입어서 장례식 같았고, 엘리는 웃음이 났다. 웃음소리를 들었는지 클로이와 해솔이 함께 뒤를 돌았다. 화장이 엉망으로 번진 클로이의 모습에 엘리는 변기 뚜껑에 앉은 채 큰 소리로 웃었다.

"씨발, 너 얼굴이 그게 뭐야?"

엘리는 문고리를 잡고 천천히 일어나 클로이에게 다가갔다.

"내가 화장 고쳐줄게. 기다려봐."

엘리는 말을 느리게 하고 있다는 걸 알았지만 신경 쓰지 않았다.

"아냐, 내가 할게. 괜찮아."

"야, 다른 건 몰라도 화장은 내가 잘해."

엘리는 클러치백에서 면봉을 꺼내 클로이에게 위를 보라고 했다.

"고마워."

엘리는 클로이의 눈 밑에 번진 아이라인을 닦아내면서 시상식에서 세계를 지배할 사람으로 호명되었을 때 기쁨에 찬 비명을 지르며 뒤뚱뒤뚱 걸어가던 모습을 떠올렸다. 전교생이 박수를 쳤고, 클로이는 친구들이 있는 테이블을 향해 활짝 웃으며 상장을 흔들어 보였다.

애는 아무 고민이 없겠지. 공부 잘하는 쩐따들이 서로 괴롭힐 일도 없을 테고. 애네 엄마는 극성으로 케어한다니까. 계속 전교 1등을 하다가 세계를 지배하겠지. 내가 세계로부터 따돌림을 당할 동안.

"상 받은 거 축하해. 너 진짜 인스타 인플루언서 될 것 같아."

클로이가 흰자를 내보이며 칭찬했다. 엘리는 대답 대신 클로이에게 눈을 감으라고 말했다.

"아니다, 벌써 인플루언서인가? 너 인스타 나 팔로우하는데……."

"아, 됐어. 꺼져."

엘리는 클로이가 계속해서 인플루언서 이야기를 할 것 같아 말을 끊었다. 다행히 클로이는 입을 다물었다.

"클로이, 그때 내가 준 약 해봤어?"

클로이의 감은 눈이 살짝 떨렸다. 옆에 서 있던 해솔의 몸이 덩달아 굳는 것도 느껴졌다.

"어땠어?"

"그게……."

"좋았지? 내가 되게 좋은 거 줬는데."

"이거 진짜 비밀인데……."

"야, 이걸 누구한테 말해."

"그날은 좋았어. 술 냄새가 나서 집에서 엄마한테 엄청

혼났는데 혼나면서도 킬킬대서 진짜 죽을 뻔했거든. 그날 잠을 못 잤지만 그것도 괜찮았고. 그다음 날까지 좀 예민해지는 거 말고는 뭐 다 괜찮았는데…… 다음다음 날 갑자기 기분이 완전 다운되는 거야. 그날 해솔이 애는 학교도 빠지고…….”

“야, 넌 뭐 그런 얘기를 다 하냐?”

옆에서 해솔이 끼어들어 말을 잘랐다.

“너네 오늘 파티 끝나고 뭐 해? 애프터파티 안 가지?”

엘리의 말에 클로이와 해솔이 서로를 보면서 어색하게 끄덕였다.

“우리 먼저 나갈래? 포멀 재미없잖아.”

클로이와 해솔은 여전히 서로 눈짓으로 뭔가 말하는 것 같았는데 엘리는 그게 뭐든 설득할 자신이 있었다.

“나 혼자 나가려고 했거든.”

클로이의 얼굴에 연민이 어렸다. 순진해 빠져서는.

“봤지? 이제 나 친구 없는 거.”

“같이 나가자. 해솔아, 우리 조금만 같이 놀다 들어가자.”

해솔은 미간을 찌푸렸지만 싫다는 말은 하지 않았다.

“나한테 진짜 좋은 거 있어. 나 거짓말 안 하는 거 알지?”

엘리에게는 혼자 하기엔 너무 많은 약이 있었다.

*

술과 약에 취한 클로이는 엄마 아빠가 밤에 일하는 날이라며 집으로 가자고 소리쳤다. 셋은 서로를 밀치고 깔깔대면서 2층으로 올라가 클로이의 방에서 핑아즈를 더 했다. 해솔은 바닥에 팔다리를 쭉 뻗고 누웠고, 클로이는 벌떡 일어나 춤을 췄다. 엘리는 클로이를 보면서 낄낄대다가 인스타그램 라이브 방송을 켰다.

"여기는 앞으로 세계를 지배하게 될 클로이의 집이야. 우린 좋은 걸 했지."

엘리는 시청자 목록에서 브리아나의 아이디를 보았다.

버림받은 신

클로이와 해솔

"야, 잠 안 오지."

새벽, 클로이가 해솔의 방에 들어와서 그렇게 묻고는 해솔이 이불을 끌어안고 웅크린 침대에 앉았다.

"약을 괜히 했나 봐."

"거의 깨지 않았어?"

"깬 것 같기도 하고 아닌 것 같기도 하고. 심장이 뛰는 게 좋은 건지 불안한 건지 모르겠네."

"난 추워."

"너 지금 땀 흘리는데?"

"내 말이."

"너 지금 동공도 엄청 커진 거 알아?"

"그만해, 무서워."

"너 아무래도 지난번처럼 다운이 크게 오겠다. 학교도 못 가고……."

"그건 상관없어. 학기 다 끝났는데 뭐."

"그래도 계속 못 자면 어떡해. 엘리가 그랬잖아. 사흘 못 잔 애도 있다고."

"걔가 못 자겠지. 걔 감시당하는 중이라고 계속 두리번 거리다가 뛰쳐나갔잖아. 그래가지고 어떻게 자. 걘 그냥 정신병이야."

"순서가 틀렸어. 정신병이라 잠을 못 자는 게 아니라 잠을 못 자서 정신병에 걸리는 거야. 나도 사흘씩 못 자면 미쳐버릴 거야."

"몰라, 난 잘 거야. 자야 돼."

"그러고 어떻게 잔다 그래, 그러지 말고 일어나. 우리 나가자."

"이제 금방 너네 엄마 아빠 들어올 시간 아냐?"

"망보면 되지."

"어디서 망을 봐."

클로이는 지붕과 닿아 있는 창문으로 가서 아래쪽 문을 드르륵 올렸다. 그러고는 방충망 모서리의 나사를 돌리더니 방충망을 틀째 뜯어냈다.

"뭐야, 그렇게 열리는 거였어?"

"따라 나와."

클로이는 해솔이 갖다 놓은 의자를 밟고 올라가 몸을 구부려 창문을 빠져나가더니 지붕 위에 앉았다. 해솔도 이불을 두르고 따라 나가서 클로이의 옆에 앉았다.

"나 진짜 몰랐어. 창문 열리는지."

"여기 원래 내 방이었는데."

"근데 왜 바꿨어?"

"지붕에 앉아 있다가 엄마한테 걸렸어. 엄마가 기절할 뻔했대."

"자살하려는 줄 알았겠네."

해솔은 웃었지만 클로이는 웃지 않았다.

"뭐야, 정말 죽으려고 했던 거야?"

"아니, 죽으려던 적은 한 번도 없었어. 죽고 싶었던 적은 많지만."

"그게 달라?"

"완전 다르지."

"오늘 한국 친구한테 연락이 왔어. 죽을 거라고 하던데."

"진짜? 어떡해?"

"괜찮아, 걔는 항상 그래. 진짜 죽었다 그러면 놀라긴 하겠지만. 아니야, 안 놀랄 수도 있을 것 같아. 아무튼, 걘 안 죽을 거야."

"야, 무슨 말을 그렇게 해. 너한테 위로받고 싶어서 연락했을 텐데. 그러다 진짜 죽으면 어떡해."

"걔 안 죽어. 아까워서 못 죽어. 이제 고3 되는데 지금 죽으면 평생 공부한 거 날아가잖아. 걘 세 살 때부터 대학 입시를 시작했다고 봐야 되거든. 그럼 벌써 몇 년이야?"

"죽는 마당에 공부 아까워하는 사람이 어딨어."

"넌 안 그러냐? 난 그런데."

"그래서 안 죽는다고?"

"나는 그래서는 아니고. 그냥 뭐 때문에도 안 죽을 거야."

"나도 안 죽을 거야."

"걔도 안 죽어. 걔 변호사 될 거라는데 사실 법에 관심 없거든. 걔가 진짜 좋아하는 게 뭔지 알아? 걔 웹툰에 미쳐 있어. 엄마 몰래 웹툰에 쓴 돈만 몇백일걸? 근데 걔는 웹툰 쪽으로 가는 건 꿈도 안 꿔. 지금까지 한 게 아까워서. 지원 학과도 못 바꾸는데 죽는다고? 절대 안 죽어."

"네가 어떻게 알아? 지원 학과 바꾸는 게 죽기보다 힘들 수도 있지."

"말도 안 돼. 넌 하나만 선택해야 되면 의대를 포기할래, 죽을래?"

"답하기 힘든 질문이네."

"정신 차려. 의대가 뭐라고."

"의대가 뭐지. 의대 말고는 다른 걸 생각해 본 적이 없는데?"

"의대 말고 다른 걸 들어본 적이 없겠지."

"넌?"

"뭐."

"너도 엄청 공부하잖아. 밤까지 새워가며 공부하면서 아닌 척하네."

해솔은 고개를 돌려 한참 동안 말없이 클로이를 바라보았다.

"나 아까 혼자 누워 있다가 든 생각인데…… 약을 해서 그런 걸 수도 있고……."

"무슨 말을 하려고 그래, 무섭게."

"그냥 공부는 왜 하나 싶어."

"뭐야, 갑자기. 너야말로 죽겠다는 건 아니지?"

"아니, 반대야. 그냥 공부를 하고 있으면 너무 죽고 싶으니까 공부를 안 하는 게 인생에 도움이 되는 건 아닌가 그런 생각이 드는 거?"

"그래서 공부를 안 하겠다고? 이제 11학년 가는데?"

"딱 좋은 때 아냐? 10학년 끝나면 학교 그만둘 수 있잖아."

"뭐야, 너 진짜 학교 그만둔다고?"

"아, 몰라. 아무튼 이제 공부 안 할 거야."

"거짓말."

"뭐, 아예 안 하진 않겠지. 딱히 다른 뭘 해야 하는지도 모르니까. 그래도 그렇게 안 하고 싶어. 에이씨, 눈물 날 것 같네."

"맹세할 수 있어?"

"너 수학 때문에 그러지. 1등 하려고."

"네가 1등이구나."

"수학은 너무 쉬워. 솔직히 공부 안 해도 다 맞을 거 같은데."

"재수 없어."

"그래도 하나쯤 틀려줄게. 1등 너 해."

"야."

"진짜야. 난 지금 인류애로 넘치거든. 마지막 어려운 문제를 틀리면 되는 거지?"

"약 깨면 기억도 못 하려고."

"그럼 어쩔 수 없고."

"나 진짜 수학 1등 또 놓치면 죽을 거야."

"됐어, 너도 안 죽어."

"내가 안 죽으면 엄마가 날 죽일걸?"

"그전에 네가 엄마를 죽이면 되겠네."

"야, 미쳤어? 그 말 취소해."

"넌 엄마 되게 좋아하더라. 내가 볼 때는 너네 엄마 좋은 게 하나도 없는데."

"그 말도 취소해."

"너 같은 애들이 원래 엄마 죽으면 눈물 한 방울도 안 흘리는 거야. 내가 알지."

"넌 뭘 다 아는 것처럼 말한다."

"응, 나는 다 알아. 나는 신이야."

"완전히 돌았네."

"약을 하니까 알게 됐어. 내가 신이란 걸."

"너 아까 죽고 싶다고 하지 않았냐?"

"그건 너지. 나는 죽고 싶지 않아. 신이니까. 근데 내가 죽고 싶으면 죽을 거야. 신이니까."

"신은 죽지 않아. 그것도 모르면서 무슨 신이야."

"아니, 신은 다 할 수 있어. 너는 신이 아니니까 모르는 거야."

"그렇게 따지면 나도 신이야. 나도 죽고 싶으면 죽을 거고, 살고 싶으면 살 거야. 간단한 거잖아."

"네가 드디어 알아차렸구나."

"우리 엄마는 나 때문에 죽고 싶어도 못 죽는다는데…… 신이 아니네. 슬프다."

"너네 엄마는 제정신이 아니야."

"너희 엄마는?"

"우리 엄마는 당연히 신이지. 신이니까 딸도 막 외국에 내다 버리고."

"너희 엄마가 널 내다 버렸어?"

"신이 날 내다 버린 거야."

"그래서 네가 신이 됐고?"

"원래 신은 그렇게 탄생하는 거야. 버려지면서. 버려진 아이는 모든 걸 할 수 있게 되잖아. 온갖 제약이 사라지면서. 그렇게 신이 되지."

"그럼 나는 신이 아니네."

"아냐, 너는 신이야, 나를 믿어. 너는 버려졌어."

"나는 신이 아니고 싶어."

"그럴 수는 없어. 너는 빨리 깨우쳐야 돼."

"신은 다 할 수 있다며? 그럼 신이 아니게 되는 것도 가능하지 않아?"

"그렇네. 그래, 그럼 너는 신이 아닌 것이 되도록 해."

"신이 아닌 것."

"그래, 신이 아닌 것."

"울고 싶다. 울어도 되지?"

"아니, 울지 마. 너 요즘 밤마다 울잖아. 내가 아주 잠을 못 자."

"울 거야. 신은 다 할 수 있다며. 나는 울고 싶을 때 울 거야."

"울어, 그럼."

"아냐, 안 울고 싶어."

"그럼 울지 마."

"울지 말라니까 울고 싶네."

"미쳤구나?"

"미쳤다니까 더 울고 싶고."

해솔이 클로이의 멱살을 잡겠다는 듯이 손을 뻗다가 두르고 있던 이불이 흘러내렸다. 클로이는 이불을 들어 해솔을 꼼꼼히 감싸주었다. 이불로 감싸면서, 이불로 감싸지면서 둘은 같이 킬킬댔다. 언제까지라도 계속 웃을 수 있을 것 같았다. 그러다 같이 울 수도 있을 것 같고, 왜 울었는지 까맣게 잊어버리고 다시 웃을 수도 있을 것 같았다. 그런 시간이 끝나지 않고 영원히 이어질 것 같았다. 둘은 신이니까. 해솔과 클로이는 사방으로 끝없이 펼쳐진 시간 위에 서 있었다. 버림받고 나서 신이 되어 버린 둘은 그렇게 무한한 세계를 바라보며 킬킬거리고 웃었다.

"야, 저거 엘리 아냐?"

해솔이 앞집을 가리켰다. 앞집은 현관 바깥에 밤새 등을 켜놓았는데 그 불빛 아래로 엘리가 쑥 들어왔다.

"엘리 맞네. 쟤 왜 다시 나와?"

"지금 애프터파티 가나 보지."

"야, 쟤 친구들한테 완전 팽당한 거 못 봤어? 애들이 갑자기 어쩜 그러냐. 소름 끼쳐."

"어? 쟤 뭐 하는 거야?"

아주 짧은 순간이었다. 엘리가 손에 들고 있던 막대 같은 것을 휘둘러 현관에 달린 CCTV 카메라를 쳤다. 날카로운 꿍음이 울렸다. 엘리가 막대를 몇 번 더 휘두르자 CCTV가 떨어졌고, 그와 동시에 2층 방에 불이 켜졌다. 커튼 뒤에서 검은 실루엣 두 개가 이리저리 움직였다. 2층 복도 불이 켜지고 계단 불이 켜지고 1층 불이 켜졌다. 마침내 현관문이 열렸을 때는 이미 엘리가 사라진 후였다.

잠옷 차림의 아저씨가 바닥에 나뒹구는 CCTV를 확인하고 쌍욕을 뱉었다. 아줌마는 카디건을 여미고서 떨어진 CCTV와 부서진 지지대의 사진을 찍었다. 둘은 주위를 휘휘 둘러보고 집으로 들어갔다. 현관문이 다시 단단히 닫혔다.

우리를 보는 눈, 우리를 듣는 귀

엘리

아직 새벽이었다. 곧 해가 뜬다는 것을 알리듯이 새들이 울기 시작했다. 주인집 아저씨와 아줌마가 거칠게 문을 두드리더니 신발도 벗지 않고 들어섰다.

엘리 가족이 머무는 차고는 확실히 거주용이 아니었다. 바닥이 시멘트였고, 갈라진 틈새를 따로 보수하지 않아 카펫으로 대충 덮어두었다. 그래서 드물게 찾아오는 방문객들은 실수로 신발을 신고 들어서고는 했는데 주인집 아저씨와 아줌마는 실수가 아니었다.

아저씨와 아줌마는 번갈아 가며 똑같은 말을 반복했다. 한밤에 굉음을 듣고 깨서 얼마나 놀랐는지 아냐고, 클라우드에 자동 저장되는 CCTV 영상을 확인하지 않았으면 경찰에 신고했을 거라고, 그러면 엘리가 경찰에 잡혀갔을 거라고, CCTV 영상을 보고 두 눈을 믿을 수가 없었다고, 지금도 몸이 부들부들 떨린다고, 우리한테 무슨 악심이 있어서 이런 짓을 하냐고, 우리는 엘리네 딱한 사정 봐준 것밖에 더 있냐고, 은혜를 원수로 갚는다는 말은 이럴 때 쓰는 거라고, 정말 믿기지 않는다고, 어떻게 이럴 수가 있냐고.

엘리는 방에서 반쯤 열린 문을 통해 듣고 있었다. 한국어로 악을 쓰는 데다 랩을 하듯이 쏟아부어서 다는 이해하지 못했지만 차라리 경찰에 잡혀가는 편이 낫겠다는 생각이 들었다. 왜 엄마와 아빠가 고문을 당해야 하는지 알 수 없었다. 당장 나가서 꺼지라고 소리치고 싶었지만 엄마가 절대 방에서 나오지 말라고 했기 때문에 매트리스에 모로 누워서 열린 문틈을 쏘아보았다.

머릿속에서 온갖 색깔의 빛이 어지럽게 흔들리며 반짝였다. 알록달록한 색전구가 달린 회전판이 빠르게 도는 것 같았다. 알 수 없는 기계음이 계속해서 들렸다. 어릴 때 하던 오락기 화면 속으로 들어간 느낌이었다.

오락기 속에 사는 것과 크게 다르지 않지. 재미가 좆도 없다는 것만 빼면.

엘리는 가족이 감시당하고 있다는 걸 진작부터 알았다.

집과 차에 도청 장치가 있었고, 감시 카메라가 있었다. 엘리와 엄마, 아빠가 가는 곳에는 어디든 정부에서 심어놓은 요원이 따라붙었다.

엘리 가족을 잡으려는 것이다. 엘리 가족을 감옥에 보내려는 것이다. 엘리 가족을 추방하려는 것이다.

사람들은 진실을 모른다. 엘리가 그들을 구원했음을 모른다.

*

자기네 가족이 호주에 거주하는 것이, 그러니까 매일 학교에 가고 일을 하면서 밥을 먹고 잠을 자고 살아가는 자체가 불법이라는 것을 엘리가 알게 된 것은 초등학교를 졸업하고 나서였다.

그때 엘리는 공립학교에 진학하겠다고 우겼다. 면학 분위기를 내세워 공립은 안 된다고 하는데도 엘리가 자신은 공부에 소질이 없다고 계속 고집하자 엄마는 사실을 털어놓았다. 너는 공립학교에 진학할 수 없다고.

그렇게 엘리는 가족의 이야기를 들었다. 자신을 포함한 가족이 어떻게 살아왔는지를.

엘리 엄마는 호주에 오자마자 대학에 진학해 학생 비자를 받았다. 대학이라고는 하지만 한국인이 운영하는 비자 제공 기관 같은 곳이어서 이름을 올려두고 형식적인 출석을 하는 게 다였다.

어차피 학비를 내야 한다면 엘리의 엄마 아빠는 영주권을 받을 수 있는 학과에 진학하는 편이 낫지 않나 얼마간 고민했다. 회계나 간호 같은 것들. 그러나 학과 공부에 전념할 여건이 되지 않았다. 둘 다 풀타임으로 일해야 겨우 렌트비와 식비, 엘리의 학비를 댈 수 있었다.

엘리 엄마가 대학을 졸업한 후에는 아빠가 대학에 진학했다. 그렇게 번갈아 가며 한 명은 학생 비자, 한 명은 가디언 비자로 엘리를 키웠다. 그때 엘리의 엄마와 아빠는 쉬는 날 없이 일하면서도 호주가 좋은 나라이며, 호주에서 아이를 키워야 한다는 믿음을 버리지 않았다. 지인들이 호주 이민에 대해 물어볼 때마다 어깨가 으쓱해지기도 했다.

엘리 아빠마저 대학을 졸업한 이후에 둘은 다시 고민에 빠졌다. 둘 다 영주권을 신청할 만한 기술이나 경력이 없기 때문에 엘리의 엄마가, 혹은 아빠가 다시 대학에 가야 했다. 그러나 그런 식으로 대학에 쏟아부은, 앞으로 더 쏟아부을 돈을 생각하면 아득해졌다. 그 돈이면 시드니 외곽의 작은 빌라를 살 수도 있을 것이다.

대학에서 그들에게 주는 것이라고는 호주에 거주할 권리뿐이었는데 당시 둘은 이미 그런 권리 없이 살아가는 사람들을 꽤 알고 있었다.

불법체류를 하더라도 누군가 신고하지 않는 이상, 범죄에 연루되어 경찰 조회를 당하지 않는 이상 걸릴 일이 없다고 했다. 병원도 공립 병원에 못 갈 뿐이지 돈만 내면 치료해 주는 사립 병원의 한국 의사들이 있었다. 학교도 마찬가지였다. 공립학교는 부모의 비자 정보를 써내야 해서 안 되었지만 사립학교는 돈만 내면 받아주었다.

호주에는 주민등록번호가 없어 불법체류가 얼마든지 가능하다고 했다. 비자가 있을 때 개설한 계좌로 은행 거래를 계속하고, 면허증이 만료되기 전까지 문제없이 차를 몰고 다닐 수 있었다. 그래서 불법체류 중이면서 사업을 하는 경우도 있었다. 직원을 구하고, 세금을 내고, 그 모든 일을 할 수 있었다.

엘리네 역시 불법체류를 하면서 문제없이 지냈다. 엘리의 부모는 현금으로 급여를 받는 캐시 잡을 구해서 엘리의 사립학교 학비를 냈다. 다행히 세 가족이 다 크게 아프지 않았고, 엘리 아빠는 자신을 의사라고 부를 정도로 가족 중

누가 아프면 그에 알맞은 약을 사 와서 증상을 가라앉힐 수 있었다. 그러다 탈이 생겼다.

작년에 엘리 아빠가 발을 다쳤는데 이런저런 약을 써도 계속 상처가 부어오르기만 했다. 새벽 청소를 마치고 돌아와 엄마와 아빠는 오전 내내 사립 병원을 수소문하느라 바빴다. 항생제를 처방해 주는 데 얼마를 받느냐고 묻고 또 물었다. 전화를 끊고 도둑놈들이라고 욕하다가 다시 전화에 대고 사정이 좋지 않다며 앓는 소리를 했다.

"왜 이렇게까지 해야 돼?"

엘리는 처음이자 마지막으로 엄마에게 따져 물었다.

"한국으로 돌아가. 그럼 되잖아."

"한국말도 못하면서."

"배우면 되지. 듣는 건 웬만하면 다 하니까 말도 금방 들 거야."

"그럴 거면 벌써 텄지."

"병원도 못 가고 사는 것보단 말 못 하고 사는 게 낫겠어. 안 그래?"

"이제 얼마 안 남았어. 네가 대학에만 가면 다 해결돼. 네가 대학 졸업하고 취직해서 스폰서 비자를 받고 부모를 초청하면 돼. 그러면 우리 다 호주에 살 수 있어."

모든 것이 너무나 간단하다는 듯 엘리 엄마는 확신에 차서 말했다. 엘리가 대학에 가고, 취직을 하고, 스폰서 비자를 받고, 부모를 초청하는 그 많은 일이 이미 다 준비되어 있기라도 한 것처럼.

엘리는 비명을 지르고 싶었다. 엄마를 쥐어흔들고 정신 차리라고 말하고 싶었다. 그러나 썸머힐 하이스쿨 교실마다 가득 들어차 있는 애들을 보면, 부모의 욕망을 대리 충족해 주는 것을 자기 장래 희망으로 굳건히 믿고 공부하는 애들을 보면 엘리의 엄마 아빠가 바라는 것이 저런 애들이고, 결국 문제는 자신이라는 데 생각이 미쳤다.

그런데 엄마, 그게 다 소용없게 됐어.

우리는 감시당하고 있거든.

우리가 하는 말이 모두 녹음되고, 우리가 어디를 가든지 누군가 따라붙어.

우리를 보는 눈.

우리를 듣는 귀.

사방에 우리를 지켜보는 눈이 있는 걸 엄마는 정말 모르는 거야?

엄마랑 아빠가 한국어로 속삭여도 아무 소용이 없다는

걸 아직 모르는 거야?

아무 소용없어.

더 이상 도망갈 곳도 없어.

아무리 멀리 도망을 가도 우리는 감시당할 거야.

엄마, 우리는 이제 갈 곳이 없어.

우리는 추방당할 거야.

내가 자라난 땅에서.

내가 할 줄 아는 유일한 언어를 하는 나라에서.

엄마가 나를 키우겠다고 다짐한 곳에서.

우리는 같이 추방당할 거야.

*

창밖이 서서히 밝아지고 있었다. 아침 해가 들어서면서 온갖 살림살이가 쌓여 있다시피 한 집 안이 훤히 드러났다. 미처 매트리스를 접어 넣지 못한 소파베드 옆 식탁 위에는 취사한 지 92시간(사실은 192시간)이 지났다고 알리는 압력밥솥과 먼지가 쌓인 전자레인지, 어제 먹은 컵라면 두 개와 노트북 때문에 빈자리가 없었다. 식탁 의자에는 옷이 몇 벌씩 걸려 있었고, 바닥과 매트리스에도 옷가지가 늘어져 있었다.

주인집 아줌마가 뒷마당의 흙이 묻은 슬리퍼를 신고 엄마의 옷소매를 밟고 선 것 역시 아침 햇살에 선명하게 드러났다.

"더 이야기할 거 없어요. 더 이야기하고 싶지도 않고요. 보험사에 메시지 남겨놓았으니까 우선 짐을 대충 싸놓는 게 좋겠어요. 보험사에서 온다고 연락하면 그때 짐을 좀 빼줘요. 차고까지 들여다보지는 않겠지만 긁어 부스럼을 만들고 싶지는 않으니까."

주인집 아줌마는 손을 휘휘 저으며 말을 내뱉었다.

"보험 회사에는 앞집 딸 학교 친구라고 했어요. 그쪽에서도 우리가 돈을 내겠다고 하면 더 캐묻지 않을 거예요. 일을 복잡하게 해서 좋을 건 아무것도 없잖아요. 보험사에서 청구하는 대로 우리한테 돈을 주면 돼요."

"당연히 돈은 저희가 내야죠. 굳이 보험사를 부를 것 없이 저희가 새 CCTV로 갈아놓겠습니다. 보험사에 연락 안 하셔도 됩니다."

엘리 아빠가 양손을 맞잡고 고개를 조아리며 말했다.

"아뇨, 보험사를 통해서 처리하고 싶어요. 돈이 얼마가 들지도 모르고, 그걸 여기저기 발품 팔아가며 알아보고 싶지도 않고……."

"그건 저희가……."

"아니, 지금 이 마당에 어떻게 믿고 맡겨요? 그냥 솔직히 말할게요. 더 이상 엘리네하고 어떤 식으로든 얽히고 싶지가 않아요. 나한테 서운하다고 하지 말아요. 나 진짜 할 만큼 했어요. 사람들이 다 한국 사람 믿는 거 아니라고 했을 때도 한국 사람끼리 돕고 살아야지 누가 돕냐고 했던 사람이에요, 내가. 그런데 이렇게 뒤통수를 맞다니 정말 믿을 수가 없네요."

"진짜 죄송해요. 우리 애가 어제 포멀이라서 술을 마셨나 봐요. 어린애가 술을 마셔서 정신을 못 차리고 그런 것 같아요. 네, 저희가 애를 잘못 교육한 거죠. 저희가 다 고쳐 놓을게요. 정말 죄송해요."

엘리 엄마가 주인집 아줌마 쪽으로 손을 뻗으며 말했다. 엄마의 손은 아줌마의 팔과 손 언저리에서 잠시 머물다 다시 돌아왔다.

"그래, 다 애 탓을 하고 싶겠죠. 근데 쟤가 갑자기 혼자 그랬겠어요? 우리도 바보가 아니에요. 쟤가 우리를 봤으면 얼마나 봤고, 우리랑 얘기를 한 것도 손에 꼽는데 우리한테 뭐가 있다고. 다 뭔가 들은 게 있어서 그런 거 아니에요? 엘리 엄마, 엘리 아빠, 우리한테 뭐가 그렇게 억울했어요? 솔직히 이러면 안 되는 거 아니에요?"

엄마의 손이 다시 다급하게 튀어나와 주인집 아줌마의 손을 부여잡았다.

"저희가 억울한 게 어디 있어요. 항상 감사한 마음인데요. 저희 사정 봐주시는 거 잘 알아요. 한 번만 더 눈감아 주시면……."

"그만합시다."

주인집 아저씨가 한숨을 쉬며 엘리 엄마의 말을 잘랐다.

"더 말할 것도 없어요. 보험사에서 견적 내서 청구서 보내면 그렇게 전달하는 거로 알아요. 미리 짐을 좀 싸놓으세요."

"혹시 아주 나가라고 하시는 건……."

"이런 일을 겪고 어떻게 얼굴 마주하고 삽니까? 생각을 해보세요."

"저희가 갑자기 이사를 하기엔 사정이…… 어디 갈 곳도 없고요. 몇 주라도 시간을 좀 주시면……."

"하아, 그놈의 사정 때문에 이렇게 일이 꼬인 거 아닙니까. 이렇게까지 말하지는 않으려고 했는데…… 까놓고 말해서 엘리네 불법체류잖아요. 여기 있는 것 자체가 불법인데 우리 보고 뭘 더 어떻게 하라는 겁니까?"

엘리는 더 참지 못하고 벌떡 일어나 뛰쳐나갔다. 좁은 거실에 모여 있던 네 명의 시선이 일제히 엘리를 향했다.

"아저씨도 어제 불법으로 물 주는 거 다 봤거든요?"

주인집 아저씨는 잠시 당황한 얼굴로 엘리를 보다가 지금 무슨 말을 하는 거냐고 되물었다.

"어제부터 급수 제한이었는데 정원에 물 주다 저한테 걸렸잖아요."

"걸려? 너 지금 CCTV를 부수고도 그런 말이 나오니? 무릎 꿇고 싹싹 빌어도 모자랄 판에…….”

주인집 아줌마가 엘리를 향해 한발 앞으로 걸어 나오며 소리쳤다.

"불법 체류하는 주제에 물 좀 준 거 가지고. 그래, 어디 신고해 봐. 우리도 하게."

엄마가 엘리를 방으로 끌어당기며 연신 죄송하다고 고개를 숙였다.

"쟤 눈 풀린 것 좀 봐. 어?"

엘리는 눈에 힘을 주고 주인집 아줌마와 아저씨를 노려보았다. 머릿속에서는 여전히 색전구가 달린 회전판이 빙글빙글 돌았고, 속도가 점점 빨라져 전구가 모두 튕겨 나올 것만 같았다. 그리고 산산이 부서져 버릴 것만 같았다.

주인집 아줌마와 아저씨가 돌아간 후 엄마는 엘리를 방에 밀어 넣고 문을 닫았다. 문 아래 틈으로 엄마와 아빠가 다투는 소리가 흘러 들어왔다.

"목소리 낮춰. 이러다 정말 경찰이라도 부르면 어쩌려고 그래?"

"우리만 걸려? 그 집도 걸리는 거야. 여기 렌트 주는 거 불법인데 준 거잖아. 우리를 어마어마하게 봐준 것처럼 말하는데 인스펙션 올 때마다 집 비운 게 누구 때문인데?"

"이런 데 아니면 어디 갈 데나 있고? 지금 우리가 아쉽지 그 사람들이 아쉬워?"

"렌트비 한번 밀린 적 없이 봉투에 넣어서 따박따박 줬는데 우리가 나가면 쟤네가 아쉽지."

"그래서 어디로 가게? 갈 데 있어? 당장 오늘 나가라잖아."

엘리는 몸을 돌리고 귀를 막았다. 누군가 바로 옆에서 북을 치는 것처럼 귀가 윙윙 울렸다.

"일어나, 짐 싸."

언제 들어왔는지 엄마는 엘리가 누운 매트리스 옆에서

캐리어를 펼쳤다.

"시간 없어. 빨리 일어나."

"엄마."

엄마는 엘리를 돌아보지 않았다. 행어에 걸린 옷들을 옷걸이째 캐리어에 던져 넣었다. 플라스틱 서랍장은 그대로 테이프를 붙였다.

"이제 이불 싸야 돼. 일어나."

엘리는 여전히 누운 채로 손을 뻗어 엄마의 잠옷 바지를 붙잡았다.

"그만해, 엄마."

"뭘 그만해."

엄마는 손을 뿌리치고 엘리의 몸 아래 깔린 이불을 잡아 뺐다.

"엄마, 제발."

"빨리 일어나라니까. 시간 없어."

엘리는 계속해서 귓가에 울리는 북소리를 들으며 천천히 일어나 매트리스 가장자리에 걸터앉았다.

"엄마, 나 학교 그만뒀어. 이미 선생님한테 말했어."

엄마는 베개를 손에 든 채로 엘리를 멍하니 보았다.

"너 아직 술이 안 깬 거지? 빨리 일어나서 짐이나 싸."

"아냐, 진짜야. 아마 다음 주쯤에 학교에서 엄마를 부를 거야."

"지금 무슨 소리를 하는 거야. 왜 잘 다니던 학교를 그만둬. 안 돼."

"잘 다닌 적 없어. 엄마가 반대해도 어쩔 수 없어. 10학년 끝나면 부모 허락 없이도 나갈 수 있대."

"너 진짜……."

엄마는 힘없이 주저앉았다.

"내가 뭐 때문에 이렇게 사는데……."

엄마는 시멘트 바닥에 주저앉아 양손으로 얼굴을 감싸 쥐었다. 동물의 울음처럼 낮은 소리가 손가락 사이로 흘러나왔다.

내가 선택한 서사

해솔

포멀 다음 날 해솔은 11시가 넘어 설핏 든 잠에서 깼다. 복도에서 시끄러운 소리가 들려왔고, 누가 무슨 말을 하는지 알아차리기도 전에 방문이 열렸다.

"세상에, 너도 학교에 안 간 거니?"

클로이 엄마의 얼굴은 얼룩덜룩하게 붉어져 있었다.

"혹시 너네 같이 술 마셨니? 그래?"

해솔은 노크도 하지 않고 방문을 열어젖힌 아줌마의 무례를 지적하고 싶었지만 상황이 좋지 않은 것 같아 그저 입을 다물고 몸을 일으켰다.

"당장 클로이 방으로 와, 지금."

클로이 엄마가 나가고 해솔은 어기적거리며 침대에서

빠져나왔다. 재랑 같이 술 마신 거냐고, 미쳤냐고 클로이 엄마가 악을 쓰는 소리가 집 전체에 울려 퍼졌다.

"학교에서 전화가 왔어."

간신히 진정한 듯한 클로이 엄마는 책상 의자에 앉아서 침대 모서리에 잠옷 차림으로 나란히 앉은 해솔과 클로이를 쏘아보았다.

"이제 결석하는 일 없을 거예요. 죄송해요."

클로이가 잔뜩 쉰 목소리로 말했다.

"결석만이었으면 내가 이 난리를 치겠니? 교장 선생님이 직접 전화해서 포멀에서 마약을 했다고……."

클로이 엄마는 말을 멈추고 심호흡을 했다.

"엘리가 약을 댔다고 애들이 다 그랬다네. 그래, 뭐 엘리는 그게 처음도 아니고. 근데 엘리가 이 집에서 방송을 했다는데 그게 무슨 말이니? 여기서 무슨 방송을 했다는 거야?"

"인스타 라방을 했어요. 아주 잠깐……."

"인스타에서 방송을 했어? 이 집에서 방송을 하도록 내버려 둔 거야? 아니, 엘리가 왜 우리 집에 온 거야? 너네 엘리랑 친해?"

"아뇨, 그냥 어제 우연히 만나서……."

"우연히 만나서 집으로 데려와? 걔는 남의 집에서 마약을 했다고 방송을 하고? 이게 도대체 말이 되니? 엄마는 도저히 이해가 안 되는데…….”

클로이는 고개를 숙인 채 손톱을 물어뜯었다. 클로이 엄마의 시선이 해솔에게로 돌아왔다. 해솔은 계속 입을 다물고 있었다.

“너네는 마약 한 거 아니지? 개만 한 거지?”

클로이 엄마는 대답을 기다리지 않고 벌떡 일어났다.

“클로이 너는 얼른 가서 씻어. 해솔이 너는 네 방에서 아줌마랑 얘기 좀 하자.”

클로이 엄마는 이번에도 대답을 기다리지 않고 방을 빠져나갔다. 그리고 건너편 해솔의 방문을 열고 아무도 없는 방으로 먼저 들어갔다.

“야, 너도 따라와.”

해솔은 클로이를 노려보면서 목소리를 낮춰 말했다.

같이 들어오는 둘을 보면서 클로이 엄마는 빽 소리를 질렀다.

“클로이 너는 가서 씻으라고 했지! 술 냄새가 진동을 해, 아주.”

“조금 있다가 씻을게요.”

클로이는 해솔을 따라서 침대 모서리에 앉았다. 둘은

여전히 잠옷 차림이었고, 방을 오가며 침대에 앉아 훈계를 듣고 있었다.

"그래, 그럼 너도 들어. 너도 알고 있어야지."

클로이 엄마는 양손으로 관자놀이를 누르면서 말을 이었다.

"교장 선생님한테 다시 전화가 올 거야. 우선 내가 상황 파악할 시간을 달라고 했거든. 엘리는 저번에 걸린 것도 있고, 퇴학이라고 하더라. 너네도 엮이면 정학을 당할지도 몰라."

내내 해솔과 클로이를 번갈아 노려보던 클로이 엄마는 눈을 내리깔았다. 목소리도 한층 가라앉아 있었다.

"방송까지 한 마당에 엘리가 여기 있었다는 걸 부정하기는 어려울 것 같으니까…… 해솔아, 네가 혼자 엘리를 들였다고 해줄 수 있겠니?"

해솔은 클로이 엄마가 하는 말이 단번에 이해되지 않았다.

"저희 집도 아닌데 엘리를 혼자 데려왔다고 하라고요?"

"말이야 어떻게든 맞추면 되니까. 클로이는 일찍 잠들어서 몰랐다고 하고."

"클로이랑 저랑 같이 나온 거 본 애가 많아요."

"너랑 엘리만 딴 데로 빠졌다가 늦게 집에 들어왔다고 하면 되지."

"제가 왜 그래야 하는데요?"

클로이 엄마는 그제야 고개를 들었다. 울긋불긋한 얼굴에 눈까지 빨갰다.

"이건 클로이의 인생이 걸린 일이야. 얘가 의대를 위해서 여태까지……."

"저 혼자 뒤집어쓰면 제 인생만 아작 나겠죠. 아줌마가 그랬잖아요, 유학생이 마약 하면 추방당한다고."

"너는 이제 공부 안 한다며."

클로이 엄마의 말에 해솔은 클로이를 쏘아보았다. 어제 새벽에 클로이한테 한 말이 왜 이 아줌마 입에서 나오는 거지? 클로이는 고개만 숙인 채 아무 말도 하지 않았다.

"공부 안 한다고 안 했어요. 공부를 안 한다고 해도 마약을 하고 추방당할 거라는 얘기는 더더욱 아니었어요."

"추방까지는 아닐 거야. 아줌마가 잘 말해볼게."

"혼자 정학만 당하는 거로 끝나도록요?"

"정학도 안 되게 해볼게. 진짜야. 교장 선생님 앞에서 무릎이라도 꿇을게. 진짜 아줌마가 한 번만 부탁한다. 어떻게 안 되겠니?"

"클로이가 정학 안 되게 말해볼 수도 있는 거잖아요."

"말이 돌 거야. 선생님들도, 학생들도 다 클로이가 마약을 했다고 떠들 거야. 학교 밖에도 금방 퍼질 거고, 시드니 사는 한인들이 다 떠들어댈 거야."

"저에 대해 떠들어대는 것도 싫어요."

"너에 대해서는 아무도 모르잖아."

"모르는 사람들이 말하는 게 더 싫어요."

해솔은 자리에서 일어났다. 아줌마와 클로이 앞에서 잠옷을 벗어 던지고 옷을 갈아입었다. 이곳을 빨리 벗어나고 싶었다.

대치동에서 중학교를 마치고 온 유학생. 엄마가 재혼하면서 버린 아이. 시드니의 명문 고등학교에서 유학생으로 전교 1등을 한 아이. 힘든 환경을 딛고 일어선 수학 천재. 그 아이가 마약에 빠지고 정학을 받고 추방을 당한다.

그럼 그렇지. 유학생들이 다 그래. 호주로 오는 애들은 다 그렇다니까. 우수한 애가 여기를 왜 와? 멀쩡한 애가 10학년 때 왜 호주를 오냐고. 결국 탄로가 난 거야. 처음부터 그런 애였던 거야.

그렇게 이야기되는 건 싫었다. 그렇게 별 볼 일 없이. 다른 애들과 다를 바 없이.

"부탁할게, 해솔아. 이건 클로이 인생만 아니라 내 인생도 달린 일이야."

클로이 엄마는 울기 시작했다.

해솔은 자기 엄마의 인생도 달려 있다고 대답하지 않았다. 그렇지 않으니까. 거짓말을 하고 싶지 않았다. 이 아줌마가 뭐라고, 홈스테이가 뭐 별거라고 거짓말까지 하고 싶지 않았다. 그저 자신이 대답하지 못할 걸 알고 그런 말을 한 클로이 엄마를 용서할 수 없었다.

"아줌마가 저한테 다 뒤집어씌우면 저는 직접 선생님을 찾아가서라도 아줌마가 거짓말을 하는 거라고 말할 거예요."

해솔은 클로이 엄마를 노려보았다.

"그게 왜 거짓말이니? 너도 있었잖아. 너도 엘리랑 같이 마약을 했잖아. 아니니?"

"네, 맞아요. 선생님이 물어보면 클로이도 있었고 저도 있었다고 할 거예요. 마약을 했냐고 물어보면 다 같이 했다고 말할 거예요."

"다 같이 죽자는 거야? 너 때문에 클로이 의대 못 가면 네가 책임질래? 너 이 일이 얼마나 큰일인지 알고 이러는 거야? 너 퇴학당할 수도 있어."

클로이 엄마의 목소리가 높아지면서 쇳소리가 났다. 해솔은 다시 한번 자신의 이야기를 생각했다. 엄마가 버린 대치동의 유학생은……. 적어도 결말은 자신이 짓고 싶었다.

"제가 먼저 자퇴하면 돼요."

그때 해솔의 머릿속에서 구슬 목걸이가 끊어졌다. 몇 년에 걸쳐 모아온 구슬이 산산이 흩어졌다. 침대 아래로, 서랍장 뒤쪽으로, 문틈으로 사라져 버렸다. 어떤 구슬도 아쉽지 않았다. 해솔은 자신이 구슬 목걸이를 직접 끊어버렸다는 걸 알았고, 그게 중요했다. 그것이 자신이 선택한 서사였다.

중독

클로이

교장 선생님에게서 전화가 걸려 오는 일은 없었다. 그날도, 그다음 날도, 그다음 주에도 마찬가지였다. 4학기가 끝나고 여름방학이 시작된 후에야 클로이 엄마는 안심했다. 엄마는 엘리네가 사라진 것이 신의 한 수였다고 했다. 그렇게 모든 일은 잊히는 듯했다.

해솔은 2주 안에 방을 비우라는 노티스를 받고 일주일이 채 지나지 않아 새로운 홈스테이를 구해서 나갔다. 클로이 엄마는 곧장 다음 홈스테이 아이를 구했고, 이번에는 7학년이니 문제를 일으키지 않을 거라고 장담했다.

11학년에 올라가기 전 마지막 방학이어서 클로이는 과외를 계속했다. 연말 시험에서도 수학 과목 전교 1등을 빼앗겨 더 열심히 해야 했다. 11학년에는 무슨 일이 있더라도 전교 1등을 되찾아 와야 했다.

절대 틀리지 않으려고 문제를 쏘아보면서 푸는 중에 노아가 불렀다. 클로이는 펜을 잡은 손에 힘을 풀지 않고 노아를 돌아보았다.

"눈이 빨갛네. 괜찮아?"

"괜찮아요. 어제 잠을 좀 못 잤어요."

"요즘 계속 잠을 못 자는 것 같은데 괜찮은 거야?"

"네, 공부 시간을 늘려서 그래요. 괜찮아요."

"해솔이가 나가서 그래?"

"아뇨, 괜찮아요. 저 이 문제 마저 풀게요."

클로이는 다시 문제에 매달렸다. 숫자들이 눈앞에서 빙글빙글 도는 것 같았다. 클로이는 눈을 질끈 감았다.

"잠시만, 클로이."

클로이는 눈을 감은 채 노아의 말에 귀를 기울였다.

"너 혹시…… 각성제를 하는 거면 그만두는 게 좋아."

노아가 클로이의 귀에 대고 소리를 지르는 느낌이었다. 분명히 그게 아닌데. 클로이는 귀를 틀어막고 싶은 걸 간신히 참았다.

"의대생들도 약을 많이 해. 시험 기간에 각성제 먹는 건

흔하고. 스트레스를 약으로 풀기도 해서 살이 죽죽 빠지지."

"아니요, 저는 괜찮아요. 절대 엄마한테 말하면 안 돼요."

"안 해."

둘 사이에 침묵이 흘렀다. 클로이는 다시 문제를 풀고 싶었지만 여전히 숫자가 어지럽게 움직였다. 문제 풀기를 포기하고 펜을 내려놓은 클로이는 창틀 위에서 긴 다리를 천천히 움직이는 거미를 보았다. 작은 몸에 달린 가느다랗고 긴 다리를 세어보았다. 여덟 개. 누가 보기에도 징그러운 이 거미는 독이 없었다. 분명히 그랬다. 그 사실을 증명이라도 하려는 듯 클로이는 거미를 손으로 눌러 죽였다. 거미는 너무나 쉽게 죽었다.

클로이는 죽은 거미에서 눈을 떼고 창밖을 내려다보았다. 오랜 가뭄으로 뒷마당은 누런 잔디마저 다 죽고 흙먼지가 날렸다. 그러나 놀랍게도 구석에 홀로 남은 올리앤더 나무는 이번 여름에도 꽃을 피웠다. 꽃과 잎, 가지와 줄기까지 모두 독소가 가득한 나무. 만지기만 해도 독이 옮고, 잘못 들이마시면 죽을 수도 있는 나무. 그 나무는 황폐한 사막에 홀로 서서 탐스러운 진분홍색 꽃을 잔뜩 매달고 클로이 가족을 조롱하고 있었다. 그와 대조되어 옆집 뒷마당은 여전히 정글처럼 푸른 나무가 우거졌고 클로이네 집과 경계를 이루는 울타리에는 색색의 꽃이 매달린 덩굴이 뻗어 있었다.

"샘, 저게 말이 돼요?"

"뭐가?"

"지금 가뭄이 계속된 지가 언제인데 정원이 저렇게 무성할 수 있어요?"

"정원 가꾸는 데 열심인 사람이 많지."

노아는 피식 웃었다. 그 웃음소리가 클로이를 화나게 했다.

"급수 제한이 있잖아요. 아저씨가 한낮에도 물을 주는 것 같아요. 저기 나와 있는 호스 보세요. 신고해야겠어요."

"클로이."

"저러면 안 되잖아요. 지금 댐에 물이 없다는데 자기 정원에 나무 좀 살리겠다고 저렇게 물을 뿌려대면 안 되는 거잖아요."

"클로이."

"저렇게 이기적인 행동이 우리를 다 죽이는 거예요. 저런 사람은 벌을 받아야 돼요."

"클로이."

그제야 클로이는 노아를 돌아보았다. 노아가 의자를 뒤로 빼고 클로이를 향해 돌아앉아 있었다.

"나, 의대 자퇴했어. 학교에 서류는 제출했는데 가족들 한테는 아직 말 안 했고."

클로이는 자신이 환청을 듣고 있는 것 같았다.

"그래서 이 수업도 그만두는 게 맞는 거 같아. 너희 어머니는 의대생 과외를 원했던 거니까."

"안 돼요."

환청이 아니라는 걸 깨달은 클로이는 다급하게 말했다.

"좋은 튜터 소개해 줄게."

"아니, 안 돼요."

클로이는 울먹였다. 그리고 감정이 어디로 향해 가는지 알아차리기도 전에 눈물이 주르륵 흘렀다. 당황한 얼굴로 노아가 책상에 놓인 티슈를 여러 장 뽑아 건넸다. 클로이는 티슈를 뿌리치고 사정을 하기 시작했다.

"저 정말 의대에 가야 돼요."

"그래, 넌 의대에 갈 거야."

"저는 의대에 가고 싶은 거예요. 의사가 되고 싶어요."

"그래, 넌 의대에 갈 수 있어. 의사가 될 거야."

"그런데 왜 의대를 그만뒀어요? 의대 가려고 공부 엄청 열심히 했다고 했잖아요. 영어 못하는 사람들 도와주고 싶 다고 했잖아요. 거짓말이었어요? 그냥 엄마가 시켜서 아무 생각 없이 간 거예요?"

클로이는 자신이 출연하는 연극 무대를 보는 것처럼 엉망으로 울면서 소리치는 자신을 바라보았다. 목소리가 쾅쾅 울렸다. 클로이는 그 목소리를 끄려 했지만 아무리 애써도 꺼지지 않았다.

"저는 엄마가 시킨 거 맞아요. 공부 잘하니까 의대 가야지 생각하는 것도 맞고. 의대 안 가면 지금까지 공부한 거 억울한 것도 맞는데⋯⋯ 제가 가고 싶은 것도 맞아요. 거짓말 아니에요. 저 진짜 의대 가고 싶어요. 그러니까 도와주세요⋯⋯ 제발 저 좀 도와주세요⋯⋯."

클로이는 이제 몸을 앞으로 숙이고 엉엉 울었다. 무릎을 꿇고 빌기라도 하고 싶었다. 무엇을 빌고 싶은지는 알수 없었다. 왜 노아에게 빌고 있는지도 알수 없었다. 그러나 클로이는 멈출수 없었고, 계속 울면서 노아에게 빌고 또 빌었다.

블랙 썸머

해솔

12월의 여름방학, 해솔은 인스타그램 디엠을 받았다. 엘리였다.

안녕, 사랑하는 친구들.

계정을 닫을 거야.

그동안 고마웠어♥

해솔은 잠시 메시지를 보다가 답을 했다.

어디 가?

전송과 동시에 확인 메시지가 떴고, 바로 전화가 울렸다. 엘리가 영상 통화를 걸어왔다. 우리가 영상 통화를 할 정도는 아니지 않나? 해솔이 망설이는 사이에 전화가 끊겼다. 그리고 다시 전화가 울렸다.

"어, 무슨 일이야?"

화면 속 엘리는 무척 낯설어 보였다. 화장하지 않은 얼굴은 처음이었고, 엘리의 계정으로 전화를 걸지 않았으면 누군지 알아보지 못했을 만큼 달랐다. 화장을 지우고 보니 클로이와 매우 닮은 얼굴이었다.

"그냥 작별 인사."

"어디 가는데?"

"정확하진 않은데 정신병원에 갈 것 같아."

"뭐?"

해솔은 화면에 뜬 자신의 놀란 얼굴을 보았다.

"마약중독은 응급 환자로 분류된다고 들었거든. 응급 환자는 치료될 때까지 추방하지 않는 게 이 나라 방침이래. 근데 나는 차라리 수용소로 보내주는 게 낫겠어."

"잠깐만, 그건 또 무슨 말이야? 추방된다고?"

"너 아무것도 몰라?"

엘리가 무표정한 얼굴로 되물었다.

"우리 가족 불법체류인 거 몰랐어?"

"듣기는 했는데…… 이사 가서 잘 사는 줄 알았지. 너 게시물도 계속 올렸잖아."

"어, 새집 좋아. 내 방도 있어. 그전에도 내 방은 있었지만 거실에 엄마 아빠가 살았으니까 내 방이라고 보기 어려웠지."

"근데 왜 추방되냐고."

"내가 신고했거든."

"무슨 소리야?"

"우리 가족한테 감시가 붙어서. 이사를 왔는데도 계속해서 따라다니는데 씨발 더 견딜 수가 있어야지. 그냥 내가 먼저 자수했어."

해솔은 엘리 가족에게 감시가 붙었을 리 없다고 생각했지만 그건 중요한 게 아니었다.

"아마 지금쯤 엄마 아빠는 잡혀갔을 거야. 실버워터에 있는 수용소에 있겠지. 추방되기 전까지."

"너는 정신병원으로 가고?"

"나는 좀 있다가 경찰서에 갈 거야. 밤에. 그럼 그때 뭐가 결정되든 하겠지."

"너도 수용소로 보내질 수도 있는 거네."

"그치, 미성년자는 어떻게 하는지 모르겠어. 마약중독은 정신병원으로 보낸다는 말만 들었어."

해솔은 엘리가 큰 소리로 마약중독을 이야기하는 게 신경 쓰여 이어폰을 꼈다. 새로 구한 홈스테이 집에는 잠시만 머물 거였지만 그래도 쓸데없는 선입견을 심어주기는 싫었다.

"어, 그래…… 그렇구나…… 어……."

해솔은 뭐라고 말해야 할지 몰랐다. 잘 가라고, 거기서도 잘 지내라고, 다시 연락하라고, 볼 수 있으면 보자고. 형식적인 인사말 중 어느 것도 적절하지 않아 보였고, 그래서 전화를 어떻게 끊어야 할지 알 수 없었다.

"나 그날 너네 봤다."

"언제?"

"너네가 날 보고 있는 거 봤어, 지붕 위에 앉아서."

해솔은 엘리가 말하는 그날이 언제인지 알았다. 엘리의 두 눈이, 인조 속눈썹을 떼고 아이새도를 지워서 밋밋하고 우울해 보이는 두 눈이, 클로이를 닮은 두 눈이 해솔을 마주 보았다.

"나는 나를 보는 눈을 볼 수 있거든."

해솔이 다시 할 말을 고르는 동안 엘리가 손을 흔들어

보이더니 전화가 끊겼다.

해솔은 침대 아래에서 소주병을 꺼내 한 모금 마시고 다시 깊숙이 밀어 넣었다. 식도에 이어 위가 화끈거리는 것을 느끼며 자리에서 일어나 창문으로 다가갔다. 이번 집은 단층이었고, 해솔의 방에서 창문을 열면 누렇게 마른 담쟁이덩굴로 뒤덮인 옆집 벽이 보였다.

창문을 열자 바람이 안으로 끼쳐 들어왔다. 바람에서는 여전히 불 냄새가 났다. 매캐한 재가 공기 중에 가득한 걸 느낄 수 있었다. 지긋지긋한 산불이 계속되고 있었다.

해솔은 창문을 열어둔 채 책상 의자에 앉아 핸드폰으로 실버워터 수용소를 검색했다. 실버워터를 치자 자동 완성 기능으로 감옥이 따라붙었다.

감옥에 가는 거야? 그게 감옥이든 수용소든 썸머힐 한인 타운에서 멀지 않은 곳에 있었고, 해솔은 수용소에 엘리의 면회를 가는 자신을 상상해 보았다. 그런 일은 없을 것이다.

해솔은 실버워터 수용소가 떠 있는 지도를 축소해 시드니 전체를, 이어서 호주 전체를 들여다보았다.

듣도 보도 못한 이름을 골라봐.

해솔은 자신의 목소리를 들었다.

지도를 더 축소했다. 유럽과 아시아, 아프리카, 호주가 한 화면에 들어왔다. 해솔은 화면 속 지도를 이리저리 굴려 남미와 북미를, 하얀색 그린란드를 보았다.

안 가본 데 가고 싶어서.

한 번도 가지 않은 곳.

멀리, 아주 멀리.

해솔은 다짐이라도 하듯 심호흡을 했다. 기침이 터져 나왔다. 한동안 격한 기침이 그치지 않더니 까만 재가 섞인 가래를 토했다.

해솔은 호주에 온 걸 후회하지 않는다고 중얼거리듯 혼 잣말을 했다. 진심이었다. 해솔은 후회하지 않았다. 앞으로 도 절대 후회하지 않을 작정이었다.

작가의 말

이 소설은 여러 번의 변형을 거쳤다.

2012년에 처음 쓴 소설은 '끝에서 한 걸음을 더 걸어가면'이라는 긴 제목의 1200매나 되는 장편이었다. 세 고등학생 이야기였지만 1995년의 시골 금광이 배경인 데다 주인공인 엘리엇과 나단, 수키보다 그 가족들의 이야기(세계대전에 참전한 할아버지, 캥거루 사냥꾼 아버지, 왕년에 롤러스케이트 모델인 어머니)가 주를 이루는 완전히 다른 소설이었다.

2015년에는 '팟'이라는 제목으로 고등학생들의 이야기로만 다시 썼다. '팟'은 1995년에 흔히 쓰이던 은어로 '마리화나'를 가리킨다. 이 소설은 제목을 충실히 반영하여 엘리엇과 나단, 수키가 마리화나를 하는 장면으로 시작해 마리화나를 하는 장면으로 끝이 난다. 셋이 하는 마약의 종류만도 10여 개에 달하는 본격 하이틴 마약 대서사시였다. 나는 이 소설을 무척 사랑해서 여러 공모에 응시했지만 떨어졌다.

2020년 나는 이 소설을 《코리안 티처》 이후 두 번째 장편소설로 삼아야겠다고 마음먹고 다시 꺼내들었다. 이번에는 한인 타운으로 배경을 옮겨 왔고, 이틀간의 이야기로 시간을 확 줄였다. 긴박감 넘치는 미스터리를 써보겠다는 야심찬 포부 아래 완전히 새로 썼는데, 야심이 나를 짓눌렀는지 일주일에 두어 번 한밤중에 비명을 지르며 깨어나곤 했다. 남편은 대체 너에게 무슨 일이 일어나고 있는 거냐고 물었고, 상담 선생님은 그 소설을 버리라고 조언했다. 말도 안 돼, 어떻게 쓴 소설인데. 나는 귀를 막고 억지로 끝까지 밀어붙였지만 결국 (더 억울하게도) 다 쓰고 버리게 되었다.

그렇게 2021년이 되어서야 썸머힐 하이스쿨이 배경이 되었고, 해솔과 클로이, 엘리가 등장했다. 어디 있다 이제 왔어. 한 명 한 명 애지중지하는 마음으로 소설을 썼고, 업어키운 조카처럼 마냥 예쁘고 애틋하다. 나는 이미 대학생 클로이를 주인공으로 한 단편소설을 써서 발표했으며, 해솔과 엘리가 커가는 과정도 지켜볼 예정이다.

'끝에서 한 걸음을 더 걸어가면'을 읽어준 현진과 채진에게, '팟'을 읽어준 윤하에게, '썸머힐 하이스쿨'을 읽어준 효정과 장미, 찬희에게 고마움을 전한다. 특히 중학생 조카 찬희가 이 소설을 읽어준 데에 특별한 애정을 느낀다. 학부모 독자들이 동의할지는 모르겠지만 중고생 필수권장도서를 쓴다는 마음이 없지 않았다.

　　이 소설이 빛을 볼 수 있도록 도와주신 한겨레출판사에 진심으로 감사드린다. 최해경 팀장님과 문학팀의 도움이 없었더라면 이 책은 여전히 어둠 속에 놓여 있을 것이다.

　　　　　　　　　2022년 10월, 봄이 한창인 시드니에서
　　　　　　　　　　　　　　　　　　　서수진

올리앤더

ⓒ 서수진 2022

초판 1쇄 인쇄 2022년 11월 20일
초판 1쇄 발행 2022년 11월 25일

지은이 서수진
펴낸이 이상훈
편집인 김수영
본부장 정진항
문학팀 최해경 김다인 하상민
마케팅 김한성 조재성 박신영 김효진 김애린 오민정
사업지원 정혜진 엄세영

펴낸곳 (주)한겨레엔 www.hanibook.co.kr
등록 2006년 1월 4일 제313-2006-00003호
주소 서울시 마포구 창전로 70 (신수동) 화수목빌딩 5층
전화 02-6383-1602~3 **팩스** 02-6383-1610
대표메일 munhak@hanien.co.kr

ISBN 979-11-6040-919-2 03810